책을 쓰고 싶지만,

글쓰기가

두려운 당신에게

책 쓰기를
위한
글쓰기

책을 쓰고 싶지만,
글쓰기가 두려운 당신에게

책 쓰기를 위한 글쓰기

백명숙 지음

도서출판 더로드
The Road Books

일반인의 책 쓰기는
이제 특별한 일이 아닙니다.

책이야말로
제2의 명함이자 자신이 살아온
족적입니다.

Prologue

프롤로그

책을 쓰고 싶지만, 글쓰기가 두려운 당신에게

열정 하나로 책 쓰기 코칭을 하는 분이 있습니다. 《책 쓰는 사장》 외 6권의 책을 쓴 동기부여 전문가이자 이미 40여 명의 저자를 배출해 낸 '시너지 책 쓰기 코칭센터' 유길문 대표입니다. 어느 날 함께 차를 마시던 중에 필자에게 책 쓰기 코칭을 해보지 않겠냐고 권유했습니다. 글쓰기 분야를 맡아서 필자의 노하우를 전수해 주면 좋겠다고.

망설였습니다. "책을 한 권 쓴 저자로서 글쓰기 코칭을 할 수 있을까요?" 대표는 오히려 그게 강점이라고 했습니다. 첫째, 필자가 책을 쓴 지 얼마 되지 않았다는 것. 그래서 책 쓰는 과정에 대해 잘 알 수 있다. 둘째, 유명하지 않다는 것. 유명하지 않기 때문에 책을 쓰려는 사람들에게 어필하기 쉽다. 유명세가 있는 작가에게 배우는 글쓰기는 책 쓰기 초보자들에게 뜬구름 잡는 것과 같다. 실제 서울의 유명 작가를 모셔다가 책 쓰기 특강을 해봤지만, 듣는 순간에는 고개를 끄덕일지 몰라도 돌아가고 나면 그걸로 끝이었다. 셋째, 꾸준히 글을 쓴다는 것. 필자가 그동안 동화도 쓰고 글쓰기 모임을 통해 일반 글도 꾸준히 쓰는 사람이니 충분하다. 이런 이유였습니다. '이름이 널리 알려진 작가가 아니기 때문에 쉽게 어필할 수 있다', '보통 사람이기 때문에 오히려 평범한 사람들의 책 쓰기에 도움이 될 것 같다'는 대표의 말에 마음이 동했습니다. '그래. 내가 누군가에게 기여할 수 있다면 한 번 해보자!'

곧바로 '시너지 책 쓰기 코칭센터'에 합류했습니다. 첫 책을 쓰려는 사람들에게 필자의 책 쓰기가 선례가 되어준다면 망설일 이유가 없었습니다. 필자 역시 첫 책을 쓰면서 좌절하고 멈추고 다시 초고를 쓰고 출간하기까지 지난한 과정을 겪었습니다. 거기서 얻은 경험과 노하우를 전수한다면 일반인의 책 쓰기에 일조를 할 수 있지 않겠냐는 가상한 공헌감도 작동했습니다. 누구라도 책을 쓰고 전문성을 인정받아 자신의 분야를 확장하도록 돕는 일일 테니까요. 또 일과 삶의 경험을 토대로 깨달은 지혜를 책이라는 매개를 통해 많은 사람과 나눌 터이니 이보다 의미 있는 일이 어디 있겠습니까.

책 쓰기 수강생들의 글쓰기 코칭을 하면서 공통점을 발견했습니다. 진도를 잘 따라오다가 본문 쓰기에 돌입하면 이런저런 이유가 왜 그렇게 생기는지요. 초고 쓰기를 무한정 밀어놓거나 포기하기까지 합니다. 책을 쓰기 위해서는 선행되는 과정이 있습니다. '내가 책을 써야 하는 이유'를 스스로 점검하고 난 후 보석을 캐내듯 자신의 강점과 자원을 자세히 찾아냅니다. 지금까지 자신이 이루어온 업적과 색다른 경험을 중심으로 주제를 잡고 제목도 지어봅니다. 그런 다음 세부 목차를 세우고 나서 초고 쓰기에 돌입합니다. 본격적으로 책을 쓰기 시작하는데요. 이때부터 글쓰기의 어려움을 호소합니다.

글쓰기 자체가 두렵기 때문입니다. 글쓰기 습관이 안 들어 있기 때문이기도 합니다. 이런 분은 블로그 한 편 쓰기도 쉽지 않을 텐데요. 글쓰기와 자전거를 처음 타는 상황은 비슷합니다. 자전거에 올라타자마자 넘어지기 일쑤였죠. 몇 번을 넘어지고 포기하려던 순간 자전거와 함께 바람을 가르며 힘차게 나아갑니다. 글쓰기도 처음에는 두렵겠지만, 자꾸 쓰다 보면 자연스럽게 써집니다.

글은 쓰면서 실력이 향상됩니다. 이는 필자가 책을 쓰면서 반복했던 퇴고의 과정, 글쓰기 모임에서 읽을 한 편의 글쓰기, 독서 모임에서 읽은 책 리뷰 작성, 개인 블로그 발행, 형식은 다르나 동화를 쓰면서 터득한 노하우인데요. 누구나 처음에는 무슨 말을 써야 할지 첫 문장을 어떻게 시작해야 할지 난감합니다. 하지만 한 문장을 쓰고, 한 문단을 채우고, 한 편의 글을 완성해갈 때마다 스스로가 대견하고 자랑스럽습니다. '내가 정말 이 글을 썼단 말인가?'

일반인의 책 쓰기는 이제 특별한 일이 아닙니다. 책이야말로 제2의 명함이자 자신이 살아온 족적입니다. 수요가 있으니 시중에 '책 쓰기 책' 또한 넘쳐납니다. 독자들은 아마 선택 장애를 일으킬지도 모릅니다. 하지만 이 책은 책 쓰기에서 글쓰기 부분에 초점을 맞췄습니다. 제목 그대로 '책 쓰기를 위한 글쓰기' 책입니다. 따라서 책을 쓰고 싶지만, 글쓰기가 두려운 당신에게 글쓰기에 대한 용기를 주고 나아가 책을 쓸 수 있도록 쓰기의 모든 부분을 담았습니다. 특히 첫 책을 쓰려는 사람을 위한 글쓰기의 실질적인 안내서가 될 것입니다.

1장에서는 글쓰기에 대해 누구나 한 번쯤 가지는 일반적인 질문에 대한 답을 제시하였습니다. 2장에서는 글쓰기의 두려움을 극복하고 책을 쓰겠다는 용기를 가질 수 있도록 동기부여를 합니다. 책을 쓰고 싶은 당신은 글쓰기의 막연한 두려움에서 벗어날 수 있을 것입니다. 3장은 책 쓰기의 워밍업 단계입니다. 어떤 새로운 일에 착수하기 전 마음가짐이 중요하듯 책을 쓰려고 한다면 알아야 할 최소한의 준비 과정을 점검해 볼 수 있는 부분입니다. 4장에서는 책 쓰기에서 필요한 글쓰기 항목들을 중심으로 쓰는 방법을 제시합니다. 책의 본문은 물론이고 제목 짓기부터 목차 세우는 법과 퇴고하는 법 등 책 쓰기의 실제를 살필 수 있습니다. 마지막 5장에서는 당신 글의 품격을 높여줄 글쓰기 팁을 담았습니다. 책을 쓸 때 무시하기 쉬운 문장부호와 띄어쓰기, 문장의 구성, 자료 인용과 출처 표기 등입니다. 알아두고 적용하면 책 쓰기에 자신감을 줄 것입니다.

이 책의 독자는 다음과 같습니다.

- 실용 글쓰기에 관심 있는 사람
- 글쓰기에서 책 쓰기로 확장하고 싶은 사람
- 내 인생의 첫 책을 쓰고 싶은 사람
- 책 쓰기 동기는 충분한데 글쓰기가 두려워 시작하지 못하는 사람
- 책 쓰기를 시작했으나 본문 쓰기에서 멈춘 사람
- 첫 책을 쓴 지 오래되어 쓰기 감각이 무뎌진 사람

모쪼록 이 책이 글쓰기의 두려움에서 벗어나 책을 쓰고 저자가 될 수 있는 지름길이 되길 희망합니다.

2023년 9월

백명숙

Contents

차 례

PART 02 책을 쓰고 싶은 당신 : 두려움부터 없애자

PART 03 책 쓰기를 위한 글쓰기 : 이 정도는 알고 쓰자

PART 04 준비된 당신 : 이제 책을 써보자

PART 05 책을 쓰는 당신 : 글의 격을 높여줄 글쓰기 팁

PART
01

글쓰기가 뭐라고
책 쓰기의 필요조건이다

01

글쓰기가 왜 필요할까

어린이 글쓰기 교실에 수강생이 넘쳐난다고 합니다. 이제 아이들조차 글쓰기 스트레스를 받아야 하는 세상이 되었나 봅니다. 한 출판관계자는 자신의 SNS에 "어쩌면 어머니가 배 속의 아이에게 글쓰기의 중요성을 누누이 강조하는 세상이 곧 올 수도 있을 것이다."라고 피력했는데요. '글쓰기가 이렇게까지 필요할까?' 머리가 멍해졌습니다. 글쓰기가 왜 필요할까요? 아마 밥을 왜 먹느냐고 묻는 것처럼 어리석은 질문인지 모르겠습니다. 그런데도 유명 작가 혹은 글 좀 쓰는 일반인도 글쓰기가 필요한 나름의 이유를 조목조목 댑니다. 다 수긍이 갑니다. 글쓰기는 이제 평범한 사람들조차 피하기 어려운 시대가 되었으니까요.

나를 드러내는 수단

우리는 살면서 다양한 방법으로 나를 드러냅니다. 사회적 관계를 멈추지 않는 한 나를 표현해야 하니까요. 그중에 글은 나의 겉모습과 내면까지 표현할 수 있는 강력한 수단입니다. 가장 쉽게는 온라인상에서 나의 일상을 보여줍니다. 오늘은 어디를 갔고 누구를 만났고 무엇을 먹었으며 무슨 생각을 했노라고 자발적으로 불특정 다수에게 미주알고주알 씁니다.

막 학교에 들어간 아이는 어떨까요? 숙제인 일기를 써서 자기의 행동과 생각을 선생님에게 보여줘야 합니다. 일기 쓰기는 어디까지나 자유의지인데 말이죠. 혹자는 그런 일기 쓰기가 글쓰기를 기피하는 원인이라고도 합니다.

또 청년들은 직장을 구하기 위해 자기소개서에 나의 됨됨이와 가치관을 면접관에게 어필해야 합니다. 일련의 자소서 쓰는 방법을 익히지 않으면 탈락할 수 있다는 불안감에 인터넷을 뒤집니다. 합격만 할 수 있다면 자소서 쓰기 과외도 불사하는 게 요즘의 취업 현장입니다.

직장인은 어떨까요. 각종 공문 작성, 업무보고서와 프로젝트

기획안을 써야 합니다. 한 장짜리 공문 하나도 빠뜨리는 문장이 없는지 문맥은 자연스럽게 연결되는지 확인하고 또 확인하죠. 자신의 업무와 아이디어를 공문과 업무보고서와 기획안에 조리 있고 설득력 있게 써야 상사에게 인정받을 수 있기 때문이에요.

특별한 경험을 한 사람이라면 자기의 경험을 혼자만 간직하고 있을까요? 아닙니다. 자기표현의 시대를 사는 요즘 사람들은 혼자의 여행을 하고도 그 경험을 책으로 냅니다. 혹 삶의 밑바닥까지 떨어졌다가 극복한 사람은 자신만의 고난 극복기를 공유함으로써 사람들로부터 공감을 끌어냅니다. 누군가는 그들의 책을 읽고 '나도 할 수 있어!' 라며 힘과 용기를 얻기도 합니다.

심지어 온몸이 마비되어 눈꺼풀을 움직이는 것 외에는 아무것도 할 수 없는 사람도 글을 썼습니다. 프랑스의 유명한 패션잡지 엘르의 편집장이던 장 도미니크는 어느 날 갑자기 뇌졸중으로 쓰러졌습니다. 3주 후에 깨어났지만 안타깝게도 전신마비가 되었죠. 유일하게 움직일 수 있는 것은 단 하나 왼쪽 눈꺼풀이었어요. 그는 왼쪽 눈꺼풀을 20만 번 이상 움직여서 《잠수종과 나비》

를 썼습니다. 눈꺼풀을 깜박이는 숫자와 알파벳 글자를 매칭하는 방법으로 하나하나 받아 적게 해서 책을 쓴 겁니다.

그가 눈꺼풀로 글을 써서 자신을 드러내 보여주지 않았다면 우리는 그에 대해 무엇을 알 수 있을까요. 엘르를 거쳐 간 편집장 중 한 사람이었다는 사실 외에 그를 기억할 수 있는 것은 아무것도 없습니다.

다수를 움직이는 힘

자신을 표현하는 도구는 말과 글입니다. 말과 글 중 어느 것이 더 효과적일까요? 당연히 글입니다. 말은 내뱉는 순간 사라지지만, 글은 오래도록 남지요. 말은 듣는 사람이 제한적이지만, 글은 제한이 없습니다. 시공간을 초월해서 전 세계인이 다 독자가 될 수 있습니다. 동서양 고전이라 불리는 2천5백 년 전의 책들은 지금도 많은 사람에게 영감과 통찰을 줍니다. 특히 요즘처럼 SNS가 발달한 사회에서 글은 다수를 움직이게 하는 힘이 있습니다. 류시화가 엮은 《마음챙김의 시》(수오서재, 2020)에 의하면 미국의 전직 교사인 키티 오메라는 2020년 신종 코로나19가 세계적으로 대유행하면서 봉쇄와 격리로 사회적 거리 두기가 실천될 때 〈그리고 사람들은 집에 머물렀다〉는 시를 페이스북에 썼는데요. 시의 영향력은 대단해서 수천만 명이 이 시를 소셜미디어에 실어 나르면서 키티 오메라는 대 유행병 시대의 계관시인이 되었다고 합니다.

치유의 시간

예전에 동화 쓰기를 배울 때입니다. 그때 지도 교수가 말하길 누군가가 정말로 미워 죽겠으면 그 사람에게 직접적으로 화풀이를 하지 말고 글로 쓰라고 말했죠. 글이야말로 자기 안의 화를 삭이는 가장 건강한 방법이라고.

아버지 이야기를 썼습니다. 어렵게 살던 어린 시절 관절염이 심해 팔을 움직이는 것조차 힘들어하던 엄마 옆에서 집안 살림을 도울 식구가 한 명 필요했는데요. 아버지는 겨우 중학교 1학년이던 필자에게 그 일을 시켰습니다. 그때는 초등학교 고학년만 되어도 청소와 설거지 등 집안일을 하던 시절이었죠. 필자는 아버지의 결정에 필사적으로 반항했습니다. 방에서 나오지 않았고 아버지와의 대화는 침묵으로 일관했어요. 죽는 한이 있어도 일은 내가 할 테니 필자를 학교에 보내자는 엄마의 간절한 설득으로 결국 학업을 계속할 수 있었지만, 오랫동안 가슴에 응어리로 남았죠. 아버지가 돌아가셨을 때도 원망이 남아 편히 보내드리지 못했습니다. 그 일을 글로 쓰면서 아버지의 입장에서 생각할 수 있었어요. 그럴 수밖에 없었을 거야. 부모 된 마음은 오죽했을까? 비로소 체증처럼 걸려 있던 오래된 감정 찌꺼기를 눈물에 섞어 토해낼 수 있었습니다. 상처는 덮어두는 게 아니라 드러낼 때 치유된다고 하죠. 마음의 상처 역시 글로 드러낼 때 가장 쉽게 치유될 수 있습니다.

글쓰기는 나 자신과 대화하는 시간입니다. 나의 아픈 부분을 어루만지며 위로하는 과정이죠. 내면의 트라우마 혹은 미움 같은 걸림돌을 뱉어내는 행위입니다.

몰입을 통한 성장의 기쁨

글쓰기는 내 생각을 정리하는 몰입의 시간입니다. 글을 한 편 쓰다 보면 두세 시간이 언제 지나갔는지 모르는 게 다반사인데요. 전혀 시간의 흐름을 느끼지 못하는 거죠. 글을 쓰면서 자기 내면으로 깊이 들어갈수록 집중 상태가 깊어집니다. 당연히 몰입한 만큼 생각이 확장되어 좋은 글을 쓸 수 있어요.

책을 쓸 때도 자연스럽게 몰입이 이루어집니다. 쓰고자 하는 주제에 대하여 심도 있게 자료를 모으고 사례를 연구하고 생각을 정리합니다. 그러는 중에 아이디어가 샘솟고 자기만의 의견과 논리를 발견하게 되죠. 그 결과물로 나온 책을 보면서 자신이 훌쩍 성장해 있음을 느낍니다. 자신의 발전을 알아차린다는 것. 하위권 성적을 맴돌다 작심하고 공부하여 상위권 성적표를 받아 든 것처럼 기쁘지 않을까요?

유명 작가들조차 고통스럽다는 글쓰기. "글 따위 안 써도 살 수 있어!"라고 부르짖고 싶지만 이미 일상이 되어버렸습니다. 글을 잘 쓰고 싶은 욕구의 포로가 되어버렸습니다. 멈출 수 없는 글쓰기. 글쓰기가 필요한 당신만의 이유는 무엇인가요? 오늘도 묵묵히 글을 쓰고 있는 당신은 분명 이유 있는 기쁨을 맛볼 것입니다. 글쓰기를 통해 당신의 가치를 세상에 알려보세요. 당신의 삶이 이전과 달라질 것입니다.

02

나도 글을 잘 쓸 수 있을까

'글을 잘 쓰고 싶다!'는 염원을 과연 이룰 수 있을까요? 필자 역시 이 책을 쓰면서도 글을 잘 쓰고 싶다는 생각이 시시때때로 머릿속에서 떠나지 않습니다. 어제보다 오늘, 오늘보다 내일 더 나은 글을 쓰고 싶기에 늘 글쓰기 책을 찾아 읽습니다. 책 속에서 영감을 주는 문장이 보이면 그 문장에 오래 눈길이 머물곤 하죠. 바로 메모장에 옮겨 적기도 합니다. "글쓰기는 둥그스름한 돌에서 모난 돌로 자신을 깎고 벼리는 일이다."[1]

은유의 《글쓰기의 최전선》에 나오는 문장입니다. 이 문장을 접한 후 예기치 않은 상황에 닥치면 그 일을 어떻게 글로 풀어내면 좋을까 생각을 굴려봅니다. 나만의 모난 시선을 찾아내고 싫어서지요.

우리는 직장에서든 일상에서든, 자발적이든 비자발적이든 늘 글을 씁니다. 짧은 글이든 긴 글이든, 한두 문장이든 한 페이지의 글이든 글을 써야 할 상황들이 하루에도 몇 번씩 일어납니다. 카카오톡, 페이스북, 인스타그램, 블로그 등 일상화된 SNS가 우리 생활에 깊숙이 파고들었기 때문인데요. 카카오톡 글만 해도 하루에 몇 번 혹은 몇십 번을 씁니다. 사적 · 공적 대화에서 각종 모임 공지에 업무보고까지.

카카오톡에 간단히 올리는 글이라고 해서 생각 정리 없이 내키는 대로 써도 될까요? 그렇지 않습니다. 어떻게 하면 내 생각을 정확하게 전달할지, 읽는 이가 오해는 하지 않을까. 단어 하나도 고민하여 취사선택합니다. 또 감동적으로 읽은 책을 다른 사람에게 추천하고 싶어 서평을 쓴다면요, 더 나아가 내 이름으로 된 책이라도 한 권 쓴다면, 글을 대하는 태도는 180도 달라질 겁니다.

10년 전 리더스클럽이라는 독서 모임에 참여하면서 책을 읽기 시작했습니다. 모임은 매주 토요일 새벽 6시 40분에 시작하여 두 시간 동안 진행되었는데요. 처음 얼마 동안은 관망 위주로 참여했습니다. '독서 모임이 이렇게 진행되는구나.' 분위기에 익숙해져야 했지요. 50여 명의 회원이 참석하는 독서 모임의 일원으로서 소속감이 뿌듯했지만, 긴장도 늦출 수 없었습니다. 가장 기대하는 시간은 서평 시간이었어요. 한 사람이 그 주의 토론 도서에 대한 서평을 회원들 앞에서 발표하는데 어찌나 부럽던지요. '나도 저렇게 멋진 서평을 할 수 있을까?' 서평자가 제겐 너무 커 보였습니다.

글쓰기를 시작하려면 서평을 먼저 써보라는 말도 있죠. 서평에 도전을 해봤습니다. 하지만 독서 초보 시절 책을 읽으면서 내용을 따라가기도 바빴습니다. 뭔가 생각을 하긴 하는데 일목요연하고 조리 있게 정리할 수 없었어요. 답답했습니다. 바라건대 서평을 잘하고 싶은데 말이죠.

그때부터 글을 잘 쓰고 싶다는 의지가 불타올랐습니다. 글쓰기 책을 한 권씩 사서 읽기 시작했어요. 책을 읽으면 글을 잘 쓸 수 있지 않을까 기대하면서 말이죠. 어떤 책은 저자의 말대로 따라 하면 글을 잘 쓸 수 있겠다는 희망이 보이더군요. 어떤 책은 '많이 읽고 많이 써라' 는 식의 지극히 당연한 내용이어서 그다지 도움이 안 되기도 했어요. 읽으면 바로 글이 술술 써지는 마술 같은 비법을 책에서 바랐던 모양입니다. 독서 모임에서 글쓰기 관련 도서를 읽고 토론도 했습니다만, 잘 알다시피 글쓰기가 토론 한 번 한다고 향상되는 것인가요? 가슴 가득 글쓰기에 대한 동경만 키워갔습니다. 그로부터 10년이 흐른 지금, 여전히 글쓰기에 대한 열망은 식지 않고 오히려 더 뜨거워지고 있습니다. 글쓰기는 완성이 없기 때문입니다.

진정 글을 잘 쓰고 싶다면 글 쓸 기회를 일부러라도 만들어서 자주 써야 하는데요. 하물며 직장에서 혹은 어떤 조직을 이끌면서 또는 일상의 다양한 상황에서 글을 써야 할 일이 발생한다면, 오히려 기회로 여겨야 합니다. 말처럼 쉽지 않을 겁니다. 수많은 베스트셀러를 써낸 작가들도 새로 글을 쓰기 시작하면 여전히 첫 문장이 두렵고 마지막 퇴고가 아쉽다고 합니다. 하물며 필자나 당신은 어떨까요. 그렇다고 지레 포기할 필요는 없습니다. 우리는 소설 같은 문학작품을 쓰는 게 아니라 일반 글쓰기, 즉 실용 글쓰기를 하기 때문입니다. 우리의 일상이 곧 글이 될 수 있거든요.

바야흐로 글을 잘 써야 인정받고 대접받는 시대가 되었습니다. 바라건대 글을 잘 쓰고 싶나요? "사랑하면 알게 되고, 알면 보이나니, 그때 보이는 것은 전과 같지 않으리라." 조선 정조시대 유한준이 한 말을 유홍준 교수가 인용하면서 유명해진 말입니다. 글을 잘 쓰고 싶다면 글 쓰는 상황이 닥쳤을 때 피하지 말고 기회로 여기세요. 쓰는 일을 좋아하고 사랑해보세요. 남의 글을 자주 접하고 내 글을 단 몇 줄이라도 쓰려고 노력해보세요. 두렵고 피하고만 싶던 글쓰기가 전과 같지 않을 겁니다. 글쓰기에 완성은 없지만, 글 잘 쓴다는 찬사를 듣는 것은 이런 이후에 일어나는 보상입니다.

03

재능도 없는데 뭘 어떻게 쓸까

글을 쓰라고 하면 1초의 여지도 두지 않고 일단 피하고 싶어집니다. 골치 아픈 일로 치부해 버리죠. '난 재능이 없어. 글은 작가들이나 쓰는 거야. 작가들은 태어나면서 이미 글 쓰는 재능을 물려받았을 거야.' 라며 자신을 합리화합니다.

맞습니다. 글재주는 타고납니다. 가수가 노래 부르는 재능을, 화가가 그림 그리는 재능을 물려받듯이 작가도 글 쓰는 재능이 있습니다. 여기서의 작가는 소설가나 시인을 말합니다. 하지만 우리는 소설을 쓰려는 게 아녜요. 시를 짓는 것도 아닙니다. 내 이야기를 쓰려는 겁니다. 내 이야기를 쓰기 위해서는 글재주보다 살아온 시공간을 엮어 낼 진솔한 서사가 필요해요.

나만이 경험한, 나 아니면 말할 수 없는 이야기요. 하지만 당신은 "내 이야기가 뭐 그리 특별한가. 남들도 다 겪는 일인데 뭐." 이렇게 말할 수 있어요. 그러나 나의 어떤 상황도 남과 똑같지 않아요. 시간과 장소가 다르고, 동기와 생각이 다릅니다. 쌍둥이도 5분 차이로 성격이 다른 것처럼 하물며 나와 똑같은 생각을 가지고 똑같은 삶을 살아온 사람은 단 한 명도 없습니다.

초등학교 교사이던 김용택 시인이 수업 시간에 아이들한테 글을 쓰라고 했어요. 성민이라는 아이가 한 줄도 쓰지 않고 놀기만 합니다. 시인이 말했어요. "성민아, 글 써라." 그랬더니 성민이가 선생님을 빤히 바라보더니 "뭘 써요?" 묻습니다. "시 쓰라고." 그랬더니 성민이가 또다시 "뭘 써요?" 합니다. 선생님이 화가 나서 "아, 시 써서 내라고!" 말했더니 성민이가 풀이 죽어 "네." 합니다. 그런데 한참 있다가 성민이가 다시 물었어요. "그런데 제목은 뭘 써요?" 선생님이 "네 맘대로 써야지." 하니까 성민이가 고개를 푹 숙이고 글을 쓰기 시작했는데요. 잠시 후 성민이가 이런 글을 써 왔다고 합니다.

뭘 써요, 뭘 쓰라고요?[2]

문성민

시 써라.

뭘 써요?

시 쓰라고.

뭘 써요?

시 써서 내라고!

네.

제목을 뭘 써요?

니 맘대로 해야지.

뭘 쓰라고요?

니 맘대로 쓰라고.

뭘 쓰라고요?

한 번만 더하면 죽는다.

뭘 쓰냐고 묻던 성민이가 아주 재미있는 시를 썼군요. 이 시를 소개하면서 김용택 시인은 "내가 겪은 한순간을 붙잡아 글로 옮겨 보는 것"이 바로 글쓰기의 시작이라고 말합니다. 우리가 쓰려는 글이 시는 아니지만, 일반 글을 쓸 때도 무관하지 않은데요. 성민이는 뭘 쓸까 고민하면서 선생님과 나눴던 대화를 붙잡아서 시를 썼지, 재능이 있어서 시를 쓴 것이 아닙니다. 마찬가지로 우리가 살아온 인생의 굽이굽이마다 지금의 나를 있게 만든 결정적인 순간들이 있을 겁니다. 그것들을 꺼내 솔직하게 쓰는 것이 바로 글쓰기의 시작입니다.

내가 겪고 보고 들은 내용을 내 스타일로 꾸밈없이 쓰면 글이 됩니다. 봉준호 영화감독이 그가 만든 영화 〈기생충〉으로 오스카상을 받는 자리에서 이렇게 말했습니다. "가장 개인적인 것이 가장 창의적인 것이다." 이 말은 한때 각종 매체가 공유하면서 대중에게 회자 되었는데요. 자신이 평범하다고 생각하던 일반인에게 많은 희망을 주었다고 생각합니다. 내 삶과 경험도 어쩌면 가장 창조적인 이야기가 될 수 있겠구나, 나도 주인공이 될 수 있겠구나 하고요.

출판인 한기호는 "이제 글쓰기란 엘리트 계층의 특별한 재능이 아니라 평범한 개인의 습관이다."[3]라고 말했습니다. 이 시대를 사는 평범한 사람들에게 글쓰기가 무엇인지 가장 정확하게 표현한 말이 아닐까 싶습니다. 글 쓰는 사람 은유 역시 "나의 삶을 숙고하고 나의 경험을 나의 언어로 말하는 훈련을 반복하기 전에는 글재주와 고유성은 드러나지 않고 드러날 수도 없다."[4]고 합니다. 글을 많이 써보면 글재주와 자기 문체가 자연스럽게 생긴다는 뜻이죠. 재능이 있고 없음을 탓하기 전에 글 쓸 시간을 얼마나 들일 수 있는지를 먼저 고민해야 합니다.

뭘 쓸지, 어떻게 쓸지 모르겠다면 내가 가지고 있는 나만의 이야기에 집중해 보세요. 내 지나온 삶을 돌이켜 보세요. 현재의 나와 과거의 나 사이에 어떤 일들이 있었는지 내 인생의 필름을 처음부터 천천히 돌려보세요. 아마 결정적인 순간들이 있을 거예요. 그것을 잡아채서 쓴 당신의 이야기가 바로 세상에 하나뿐인 가장 창의적인 글이 될 수 있습니다.

04

누가 내 글을 읽어줄까

필자의 첫 책 《책과 잘 노는 법》을 막 출간했을 때입니다. 평범한 직장인이 책을 내고 마냥 부끄럽고 불안했습니다. '누가 내 책을 읽을까?', '읽고 무슨 생각을 할까?' '혹시 혹평을 하면 어떻게 대처할까?' 등등. '그래도 기획출판인데 자신감을 갖자.' 마인드 컨트롤로 가슴을 쓸어보기도 했습니다. 마침 교직에 있던 친척 언니를 만났습니다.

"언니, 주변 분들에게 내 책 좀 소개해줘."

나름 저자 마케팅을 하느라 부탁했죠.

"네가 뭐 유명 작가도 아니고……."

언니는 난처하다는 듯 끝말을 흐렸습니다. 필자가 유명한 작가가 아니라서 함부로 책을 사보라고 말할 수 없다는 겁니다.

그 말을 듣는 순간 부끄러움을 넘어 땅 밑으로 들어가고 싶었습니다.

퇴직 원년이던 2019년 봄, 북큐레이션을 배우기 위해 시립도서관의 시민 대상 강좌에 등록했는데요. 개강 첫날 수강생들의 자기소개가 있었습니다. 필자가 소개를 마치자 건너편에 앉아 있던 수강생 한 명이 《책과 잘 노는 법》을 가방에서 꺼내 보였습니다. 도서관에서 빌렸다고. '누군가는 내 책을 읽는구나!' 부끄러움 대신 당당함으로 어깨가 펴지는 것을 느낄 수 있었죠. 바로 시립도서관 홈페이지에서 필자의 책을 검색해 봤는데요. 몇 개의 도서관에서 '대출중'으로 뜨더군요. 책에 대한 자신감이 생겼습니다.

그로부터 4년이 지나고 지난해 가을, 필자의 지인 한 분이 연락을 해왔습니다. 페이스북을 통해 책 출간을 알게 되었다고. 20년 만에 만난 지인은 책이 너무 감동적이라면서 사인해 달라고 《책과 잘 노는 법》을 내밀더군요.

세상에는 글을 쓰는 사람도 많고 글을 읽는 사람도 많습니다. 영상에 밀려 남녀노소 불문하고 책을 안 읽는 시대에 유명하지도 않은 무명의 내 글을 누가 읽을까 생각하겠지요. 아닙니다. 누군가는 내 글을 읽어요. 내가 보이지 않는 곳에서 내 글을 읽고 공감하고 감동하고 위로도 받습니다.

당신이 쓰는 글이 혼자만 꼭꼭 숨겨놓고 보는 일기가 아닌 이상 글은 어떤 형태로든 세상에 나옵니다. 만약 블로그 또는 브런치 같은 다양한 글쓰기 플랫폼을 통해 글을 쓴다면, 더 나아가 책을 쓴다면 독자는 반드시 있습니다. 그러니 누가 내 글을 읽어줄까 고민하는 대신 어떤 글을 쓸까 고민하세요. 쓸거리는 많아요. 자신의 소소한 일상을 다룬 이야기일 수도 있고, 남들보다 맛있게 만들 수 있는 요리비법일 수도 있고, 학원 보내지 않고도 명문대학에 보낸 자녀 이야기일 수도 있고, 자신만의 방법으로 성공한 다이어트 노하우일 수도 있어요. 대신 당신 아니면 쓸 수 없는 이야기여야 합니다. 이런 것들이 콘텐츠가 되고 독자로부터 환영받습니다. 공장에서 엄청난 양의 물건들이 시장에 쏟아져 나오면 '저 많은 걸 누가 다 쓰지?' 하겠지만 누군가는 필요 소비를 하죠. 각종 플랫폼을 통해서 나오는 글들도 '어떤 사람이 읽을까?' 하지만 누군가는 자신의 구미에 맞는 글을 찾아서 소비합니다.

필자는 3년 전 처음으로 블로그를 배우면서 일상의 글을 세상에 내보이기 시작했는데요. 아주 사소하고 특별하달 것 없는 소소한 일상부터 쓰기 시작했습니다. 예를 들면 새벽에 일어나 걷기 운동을 하면서 본 것, 생각한 것들을 사진과 함께 블로그에 올렸어요. 지극히 개인적인 이런 글을 누가 읽기나 하겠어? 생각했죠. 기대도 하지 않았어요. 그런데 누군가 읽더군요. 긍정의 댓글까지 달아주었어요. 댓글을 보니 어찌나 신기하고 반갑던지요. 글을 쓰는 기쁨이란 내 글을 다른 사람이 읽고 반응할 때라는 것을 알았어요.

이후 블로그에 글을 쓰고 나면 자주 휴대폰을 열어봅니다. 내가 쓴 글을 몇 명이나 읽었는지 확인하고 싶어서죠. 글을 쓸 때는 쓰는 데 집중하느라 내 글을 누가 얼마나 읽을 것인가에 관심을 두지 않습니다. 다 쓰고 나면 방문자가 몇인지, 몇 명이나 읽었는지, 공감은 몇 개가 달렸는지 궁금해집니다. 이런 게 글을 쓰는 목적이 되어서는 안 되겠지만 이왕이면 많은 사람이 읽고 반응한다면 글 쓰는 보람도 크지 않을까요?

내 글을 읽어주는 숫자가 늘어날수록 글에 대한 책임감도 생깁니다. 외출할 때 옷매무새를 고치듯 글을 잘 다듬기 시작합니다. 필자는 블로그 한 편 쓰는데 보통 두세 시간이 소요되는데요. 다 쓰고 나면 일단 저장해 놓고 읽고 또 읽으면서 문맥이 매끄럽게 읽히는지 중복되는 단어가 없는지 수정에 수정을 거듭한 후 발행합니다. 맞춤법도 확신이 없으면 네이버를 찾아보면서 글 발행자로서 최선을 다해 퇴고를 합니다. 조사 하나만 바꿔도 글맵시가 달라지는 것을 확인할 수 있어요. 글이 좋아지고 있다는 것을 알게 되는 순간이죠. 비로소 내 글에 대한 책임을 완수한다는 생각이 듭니다.

내 글을 누가 읽어줄까 의심하지 마세요. 미지의 어떤 독자가 내 글을 읽을 것이라는 생각으로 글을 쓰면 오히려 글을 잘 쓰게 됩니다. 글은 누군가에게 읽히기 위해 쓴다는 마인드로 접근할 때 글에 대한 책임과 내 글을 읽는 독자에 대한 배려가 생기기 때문이에요. 중요한 것은 나만이 쓸 수 있는 콘텐츠입니다. 나만의 콘텐츠를 잘 풀어서 세상에 내보내면 반드시 누군가는 내 글의 독자가 됩니다.

05

글쓰기만 생각하면 왜 막막해질까

왜 이런 경험 있죠? 글을 쓰겠다고 호기롭게 노트북을 펼쳐보지만 텅 빈 화면 앞에서 머리까지 하얘지던 일. 무엇을 쓸까? 어디서부터 시작할까? 첫 문장을 어떻게 시작할까? 고민만 하다가 결국 노트북을 닫고 일어섭니다. 글만 쓰려고 하면 왜 막막해질까요. 자판 위에서 손가락이 춤을 추듯 일필휘지로 글 한 편 뚝딱 쓸 수 없을까요?

몇 년 전 필자는 실제로 머리가 하얘지는 현상을 겪어봤어요. 말을 잘하는 것도 이 시대의 능력이라는 생각에 스피치를 배우고 있었는데요. 어떤 주제에 대해 3분 동안 말하는 시간이 었어요. 오프닝을 하고 본론을 말하려는데 갑자기 말이 안 나오는 겁니다. 순간 눈앞이 캄캄하고 머릿속은 하얘지더군요. 우물우물 간신히 몇 마디 한 것 같은데 무슨 말을 했는지 기억조차 나지 않았습니다.

처절한 심경으로 왜 그랬는지 분석해 보았죠. 먼저 연습 부족이었습니다. 준비한 내용만 충분히 연습했어도 그런 상황이 오지 않았을 거예요. 다음은 대중 앞에 서본 경험이 적었습니다. 경험이 많으면 말할 주제가 생각이 잘 나지 않아도 당황하지 않고 늘 준비된 다른 말로 그 상황을 넘겼을 거예요. 마지막으로 주제에 대한 지식이 빈약했습니다. 말할 주제에 관한 공부가 피상적이었던 것이죠. 깊이 알고 있으면 애당초 할 말을 잊지도 않았겠죠. 글쓰기도 비슷한 맥락이라고 봅니다. 글만 쓰려고 하면 두렵고 막막해지는 이유. 노트북의 하얀 화면을 보면 어떻게 채워야 할지 머리가 하얘지는 현상이 같다는 겁니다.

다음은 글쓰기만 생각하면 막막해지는 이유입니다.

첫째, 익숙하지 않기 때문이다.

낯선 동네 낯선 길 한가운데 서 있는 기분을 느껴보았을 거예요. 하지만 처음이 그렇지 두세 번 다녀보면 익숙해져서 마음대로 돌아다닐 수 있습니다. 동화 쓰기를 통한 글쓰기를 배우기 시작할 때였어요. 첫 모임에서 필자는 "저로 인해 다른 사람이 위로받으면 좋겠어요."라고 인사했습니다. 왜 그런 거 있죠. 나보다 못한 사람을 보면 '그래도 내가 낫군.' 이렇게 위안이 되잖아요. 처음 동화 쓰기를 접하니 어떻게 써야 할지 막막하기만 했거든요. 5년 정도 열심히 썼습니다. 낯설었던 동화가 익숙해지더군요. 지난 4월에는 동화잡지 《동화마중》을 통해 신인문학상을 받았습니다. 지금은 동화든 에세이든 피하기보다 '쓰면 되지!' 생각하고 익숙한 마음으로 자판을 두드립니다.

둘째, 글을 써본 경험이 적다.

많이 써보지 않았기 때문입니다. 모르는 사람과 처음 마주하면 무슨 말을 해야 할지 막막하듯, 글을 써본 경험이 없다면 어떤 내용으로 어떻게 풀어나갈지 막막할 겁니다. 하지만 글을 자주 써본 사람이라면 잘 모르는 주제를 쓴다고 해도 최소한 두려워하지는 않을 거예요. 글을 쓰는 다양한 방법을 알고 있기 때문이죠. 자료를 찾아보고 책을 읽고 공부해서 결국은 써낼 테니까요.

셋째, 배경지식이 부족하다.

아는 게 없으니 무슨 내용을 써야 할지 막막할 수밖에요. 아는 게 있어야 할 말이 많은 것처럼, 글도 배경지식이 있어야 쓸 말이 많습니다. 말로 주어진 시간을 채우는 것이나, 글로 노트북의 빈 화면을 채우는 것은 같아요. 해당 주제에 대해 배경지식이 많으면 노트북 화면 한 페이지 정도는 뚝딱 채울 수 있습니다.

누구나 글을 처음 쓰거나 안 써본 사람은 빈 화면 앞에서 막막해집니다. 한 줄도 생각이 안 나는데 어떻게 한 페이지를 채울지 겁부터 납니다. 그렇다고 고민하거나 포기하지 마세요. 글 쓰는 환경을 만드는 것도 한 방법입니다. 혼자라서 잘 안된다면 글동무와 함께 매일 글쓰기를 해보세요. 쓰는 일에 익숙해집니다. 관심 분야에 관한 책도 읽고 자료를 모으면 어느 순간 쓰고 싶어질 겁니다. 더 이상 글쓰기 앞에서 막막하거나 머리가 하얘지지 않을 거예요.

06

무조건 많이 쓰면 글을 잘 쓸까

소설 <회색 인간>으로 혜성처럼 나타난 김동식 작가. 그는 소설을 배운 적이 없습니다. 게다가 중학교 졸업 학력으로 더 스포트라이트를 받았지요. 한 출판관계자는 코로나로 출판시장이 힘든 상황에서 김동식 작가에게 기대 근근이 버티고 있노라고 자신의 블로그에 글을 썼습니다. 그의 소설은 독자들의 많은 사랑을 받았는데요. 사람들은 아마 그가 재능을 타고났기 때문이라고 생각할 겁니다. 정말 그럴까요? 사실 그는 일하던 공장에서 퇴근 후 글쓰기 플랫폼에 오랫동안 글을 써왔다고 합니다. 그뿐만 아니라 독자들의 피드백을 반영하여 고치는 과정에서 소설이 좋아졌다고 합니다. 그는 독자들에게 모르는 것을 끊임없이 묻고 독자들은 친절하게 알려줬습니다. 그는 독자들과의 소통을 통해 맞춤법부터 소설 기법까지 배웠다고 한 인터뷰에서 밝혔는데요. 독자와 함께 글을 쓰고 또 쓰면서 습작의 과정을 거쳤다고 할 수 있습니다. 글쓰기는 스킬과 같습니다. 스킬은 연습의 양에 비례합니다. 쓰고 또 쓰는 연습시간이 축적될수록 글이 좋아집니다.

한때 글 잘 쓰는 방법으로 '많이 읽고 많이 써라'를 신봉했습니다. 이 방법만큼 글쓰기를 향상시키는데 확실한 방법이 없다고 생각했죠. 글쓰기 책들을 보면 약방의 감초처럼 빠지지 않고 강조하는 글 잘 쓰는 방법이 바로 '많이 쓰라'는 것입니다. 필자 역시 유시민 작가의 책을 여러 권 읽었습니다. 그중에 《유시민의 글쓰기》는 많은 기대를 하면서 읽었는데요. 이 책을 읽으면 나도 글을 잘 쓸 수 있지 않을까 생각하며 정독을 했습니다. 책의 핵심은 "첫째, 취향 고백과 주장을 구별한다. 둘째, 주장은 반드시 논증한다. 셋째, 처음부터 끝까지 주제에 집중한다."입니다. 유시민표 영업기밀이라고 하는 이 방법은 논리적인 글을 쓸 때 반드시 염두에 두어야 할 내용입니다. 하지만 이 영업기밀보다 팁으로 덧붙인 "많이 읽어야 잘 쓸 수 있다. 많이 쓸수록 더 잘 쓰게 된다."는 내용이 더 와닿았습니다. 평범하지 만 절대 변하지 않는 글쓰기 명언입니다.

다른 사람들에게 이 말을 참 많이 인용했습니다. 대한민국 최고의 글쟁이 유시민이 한 말이라면서. 그런데 사람들의 반응은 놀랄 정도로 시종일관 시큰둥하더군요. '누가 그걸 모르나! 유난 떨지 말아라.' 하는 느낌을 받았습니다. 맞아요. 피아노가 원래 재미없는 아이에게 피아노를 잘 치려면 연습을 많이 하라는 말과 다르지 않습니다. 일종의 잔소리죠. 글쓰기에 전혀 관심 없는 사람에게 "많이 읽어야 잘 쓸 수 있다. 많이 쓸수록 더 잘 쓰게 된다."라는 이 말은 하나 마나입니다.

그럼에도 글을 많이 쓰면 잘 쓸 수 있다는 말은 진리입니다. 대신 목표가 있어야 합니다. 목표 없이 쓴다는 것은 목적지 없는 항해와 같아 글쓰기의 항로에서 표류할 뿐입니다. 예를 들어 일기를 쓰는 것도 내 하루를 돌아보며 더 나은 삶을 살겠다는 목표가 있어야 몇 년이고 지속적으로 쓸 수 있어요. 《어른의 일기》를 쓴 김애리는 18살부터 21년간 47권의 일기를 쓰고 작가가 되었습니다. 그녀는 일기 쓰기를 "내가 스스로에게 줄 수 있는 정말 멋진 선물"이라고 세바시 강연에서 말했는데요. 선물은 47권의 예쁜 일기장이 아니라 그 안에 담긴 작가의 오랜 삶의 기록이 아닐까요.

블로그 운영을 하는 것도 하나의 목표가 될 수 있어요. 블로그는 나의 일상을 기록한다는 마음으로 가볍게 시작해서 여행 이야기도 쓰고 책 이야기도 씁니다. 하나하나 주제를 늘려가다 보면 쓸 이야기가 많아져서 더 전문적으로 블로그를 운영합니다. 이웃이 많아지고 누군가의 긍정적인 피드백이 블로그 운영을 계속하게 하는 이유가 되기도 합니다.

책을 쓰는 것은 한 가지 주제로 가장 많은 양의 글을 쓰는 방법입니다. 책 한 권을 쓰기 위해서는 40~50꼭지 이상을 써야 하고, 짧게는 3개월에서 길게는 1,2년에 걸쳐서 씁니다. 절대 짧지 않은 글쓰기 여정이라고 할 수 있는데요. 이 여정을 잘 넘기면 글쓰기가 자신도 모르게 쑥쑥 향상됩니다. 쓰고 다듬고 고치고 하는 과정을 거치기 때문입니다.

'많이 쓰면 잘 쓰게 된다.' 이 말은 거역할 수 없는 사실입니다. 피아노 실력처럼 연습할수록 좋아집니다. 다만 목표를 가지고 쓸 때 더 확실하게 실력을 다질 수 있고 자신감을 채울 수 있습니다. 적어도 이 글을 읽는 당신은 글쓰기를 당장 시작할 수 있는 동기가 충분하다고 생각해요. 일기, 블로그, 책 쓰기 외에 다른 어떤 형태라도 목표를 세우고 써보세요. 쓴 글들을 차근차근 넘기는 당신의 모습을 상상해 보세요. 일 년이나 이 년쯤 후 글을 보는 당신의 안목이 달라질 겁니다.

07

마감일이 글쓰기에 도움이 될까

"마감일이 다가올 때까지 한 줄도 못 쓰다가 마감 몇 시간 전에 원고를 완성했습니다."

한 유명 작가의 강연 중에 들은 말입니다. 원고 청탁을 받았다가 마감일이 되어서야 겨우 원고를 썼다는 겁니다. 꽤 인지도가 있는 작가였는데요. 그의 말을 들으면서 '저런 유명 작가도 글 쓰는 게 어렵구나.' 생각하니 어떤 동질감 같은 위안이 느껴졌습니다.

강원국 작가는 그의 두 번째 책 《회장님의 글쓰기》를 집필하면서 원고 분량을 채울 엄두가 나지 않았다고 합니다. 그래서 온라인 매체에 기고하기로 했는데요. "매주 일정 분량을 반드시 써야 하는 상황을 스스로 만들었다"[5]고 합니다. 마감일이 있었기 때문에 책을 쓸 수 있었다는 말입니다. 그런데 우리처럼 작가도 아니고 원고 요청을 받을 일도 없는 사람에게 마감일이 어디 있냐고요? 있습니다. 우리에게도 마감일이 있고 마감일이 글을 쓰게 합니다.

지난봄 전라북도 익산의 한 시립도서관에서 북큐레이션 강의를 맡았습니다. 필자의 이름을 걸고 하는 첫 강의여서 부담이 되었습니다. 강의 PPT를 만들고 강의 내용을 정리해야 하는데, 잘해야 한다는 강박 때문에 쉽게 시작하지 못했습니다. 드디어 개강을 하루 앞두고 스스로 비상이 걸렸지요. 개강일 새벽에야 강의안을 완성했습니다. 마감일, 즉 개강일이 있었기에 새벽까지 몰입한 결과입니다.

마감일은 책을 쓸 때도 효과적으로 작용합니다. '시너지 책 쓰기 코칭센터'에서는 책 쓰기 과정 중에 초고를 언제까지 쓰겠다고 선포하는 시간이 있습니다. "나 ○○○은 ○월 ○일까지 반드시 초고를 써내고야 말겠다!"라고 큰 소리로 외칩니다.

다른 사람들과 자신에게 약속을 하는 것이지요. 그 ○월 ○일이 초고를 완성하는 마감일입니다. 이렇게 여러 사람 앞에서 선포를 하고 나면 최소한 마감일을 지키기 위해 부담을 갖고 노력합니다. 물론 몇 달 늦어지기도 하지만 기적처럼 마감일까지 써내기도 하지요.

마감일 때문에 책을 써낸 유명한 일화가 있는데요. 러시아의 작가 도스토예프스키는 당시 11월 말일까지 소설 한 편을 쓰기로 하고 출판사로부터 미리 거액(3천 루블)의 선금을 받았어요. 그런데 도스토예프스키는 도박도 하고 친구들과 술 마시며 즐기다가 그만 그 사실을 까맣게 잊어버리고 말았습니다. 그는 불과 한 달을 남기고 그 일을 기억해 냈는데요. 한 달 만에 장편소설 한 편을 써야 하는 상황에 본인은 물론 친구들까지 난리가 났다고 합니다. 친구들은 도스토예프스키가 소설을 써야 그에게 빌려준 도박 빚을 받을 수 있기 때문이었죠. 결국 친구들이 속기사를 고용하기까지 했습니다. 도스토예프스키는 소설 내용을 구술하고, 속기사가 받아 적었다가 집에 돌아가 밤새 정서해서 출판사에 넘겨줄 수 있었다고 합니다. 이때 쓴 소설이

〈도박꾼〉이었는데요. 세상에서 가장 빠른 시간에 쓴 소설이라는 타이틀을 달았다고 해요. 마감일에 맞추기 위해서, 쓰는 시간조차 부족해 속기사를 대동하는 일은 그만큼 마감일이 글쓰기에 중요한 요소가 되기 때문입니다.

글을 안 쓰면 안 되는 상황, 그러니까 마감일이 다가오면 뇌가 위기의식을 느껴서 얼른 쓰라고 막 신호를 준다고 합니다. 실제로 우리의 뇌는 위기를 느끼면 상상을 초월하는 능력을 발휘합니다. 최낙연의 《감각 착각 환각》에 의하면 우리의 뇌는 높은 데서 떨어지면 순식간에 일생의 장면이 지나간다고 하는데요. 이를 '리미트 해제'라고 합니다. 이때 시간은 절대적이 아니라 상대적이라고 해요. 따라서 마감 시간을 정하면 뇌는 초몰입 상태로 돌입하는데요. 몰입하는 이 시간을 얼마든지 늘려주기 때문에 시간에 대한 고정관념을 버려야 한다고 합니다. 마감 시간까지 목표했던 글을 써내는 능력이 바로 증거입니다.

유명 작가들에게만 마감일이 있는 게 아닙니다. 평범한 일반인들에게도 레포트, 보고서, 강의안 등에 적용되는 마감일이 있습니다. 제출일이 바로 마감일입니다. 미루고 미루다가도 마지막 순간에 글을 쓸 수 있는 동력이 바로 마감일입니다. 책을 쓸 때도 마감일을 정해놓으면 초고를 완성하기까지 시간을 내 편으로 만들 수 있습니다.

08

글쓰기에도 공식이 있을까

고등학교 시절 수포자(수학을 포기한 자)였습니다. 수학이 참 어려웠어요. 수업 시간에 선생님이 문제 푸는 과정을 따라가면 이해가 되는데 혼자서는 아무리 낑낑거려도 왜 풀리지 않는지. 한두 번 풀다가 막히면 그대로 책장을 덮어버렸죠. 생각해 보니 문제를 푸는 열쇠인 공식을 완벽하게 이해하지 못했던 것 같아요. 다양한 문제에 제대로 적용하는 실력이 부족했던 것이지요.

글쓰기도 어렵다고 합니다. 책을 쓰고 싶어도 글쓰기에 자신이 없어서 지레 포기하는 사람들이 있습니다. 수학 공식은 어려운 문제를 쉽게 풀 수 있는 방법입니다. 글쓰기에도 수학처럼 공식이 있다면 글을 좀 더 쉽게 쓸 수 있지 않을까요? 글쓰기 공식이라. 귀가 솔깃하지 않나요? 자칭 대한민국 글쓰기 코치 1호라고 자부하는 송숙희는 《오늘부터 내 책 쓰기 어때요?》를 통해 최소한의 글쓰기 스킬을 소개합니다. 즉 '쉽게 Easy, 매혹적으로 Attrative, 간단명료하게 Simple, 맛있게 Yammy'의 각 머리글자를 따서 'EASY 공식'을 만들었어요. 말 그대로 쉬운 글쓰기 공식입니다. 이 공식에 글쓰기를 대비하면 쉽게 쓸 수 있을까요?

한편 임정섭 네이버 〈글쓰기 훈련소〉 소장은 아예 "글쓰기는 공식이다"라고 말합니다. 그는 일기부터 서평, 자기소개서, 책 쓰기까지 글의 유형별 공식을 정리했는데요. 책을 쓰고 싶은 당신에게 책 쓰기 공식을 소개하면 다음과 같습니다.

책 쓰기 = 아이디어 + 데이터베이스 + 글쓰기 실력

Book = Idea + Database + Writing skill

책 쓰기 공식 : B = I + D + W

책을 쓰겠다는 생각(아이디어), 책에 쓸 자료(DB), 글쓰기 실력

(W) 이 세 가지를 공식화한 것입니다. 이 공식은 책을 쓰려는 당신에게 실제로 글쓰기 스킬을 제공하지는 않지만, 책을 쓰기 위해 알아야 할 가장 기본적인 요소를 제시하고 있어요. 당신이 적어도 책을 쓰겠다고 생각한다면 먼저 무엇을 쓸 것인가에 대해 생각해 볼 수 있는 여지를 줍니다. 이후 관련된 책을 찾아 읽어보고 글쓰기 실력을 높이기 위한 노력도 필요하다는 인식을 갖게 한다는 면에서 책을 쓰려는 의지와 결심에 도움을 주는 공식입니다.

이 세 가지를 얻는 방법은 지극히 평범합니다. 그래서 자칫 지나치기 쉬운 것들입니다. 먼저 책을 쓰겠다는 생각, 즉 아이디어(I)는 당신이 현재 주안점을 두고 있는 관심과 그동안 살아온 행적이나 이루어놓은 업적에서 얻으면 됩니다. 두 번째 데이터베이스(DB)는 책을 쓸 자료인데요. 책은 본질적으로 지식의 편집이라고 하지요. 따라서 당신의 책에 쓸 자료도 부분적으로 기존에 출판된 책에서 가져오면 됩니다. 마지막으로 글쓰기 실력(W)은 대단한 문장력을 필요로 하지 않습니다. 다만 책에 쓰는 단 한 줄의 글이라도 책임감을 가지고 써야 하는데요. 다양한 경로를 통해 가져온 자료들을 읽고 잘 소화해서 당신만의 창의적인 이야기로 만들어내면 됩니다.

쉬운 글쓰기 공식이 있어도 쉽게 글이 써지지 않을 수 있습니다. 세상에 공짜는 없습니다. 감나무 아래 앉아만 있어서는 감이 내 입에 들어오지 않죠. 감을 먹기 위해서는 손을 움직여 감을 따야 합니다. 나뭇가지를 구부리기도 하고 긴 장대로 높은 곳에 달린 감을 향해 휘두르기도 해야 합니다. 글도 마찬가지입니다. 글쓰기 실력을 향상하고 싶다면 손가락을 열심히 움직여 자판을 두드려야 합니다. 글쓰기 공식을 외운다고 글이 써지지 않습니다. 수학 공식을 알아도 다양한 문제에 적용해서 풀어봐야 하듯 글쓰기 공식을 알고 있어도 매일 손가락을 움직여 써봐야 합니다.

필자는 첫 책을 쓰면서 공식에 맞추기보다는 제 스타일대로 썼습니다. 각각의 목차 주제에 맞는 사례와 자료를 제시하고 그에 따른 의미를 부여하는 식이었습니다. 책을 쓰는 가장 보편적인 방법인데요. 나만의 사례와 경험에 의미를 담아 메시지를 전하는 과정에서 글쓴이의 사유가 드러나는 것. 그게 바로 스타일이자 문체입니다. 문체는 당신의 글에서 풍겨 나오는 체취 같은 것인데요. 바로 당신의 말투와 옷맵시처럼 글에서도 당신의 스타일이 자연스럽게 흘러나와야 합니다. 글쓴이의 문체가 없는 글은 영혼이 없는 사람의 얼굴을 보는 것과 같습니다. 시선이 어디를 향하는지 모르는 얼굴 표정이라고 할 수 있습니다. 문체는 글쓰기 공식과는 별개의 문제입니다.

글을 자주 많이 쓰는 습관이 글쓰기 공식보다 먼저입니다. 한 문장이라도 매일 쓰면서 뚜벅뚜벅 천천히 나아갈 때 어느 순간 글은 당신의 모든 것을 닮아있습니다. 일부러 글쓰기 공식에 맞추지 않아도 자연스럽게 당신 안에서 당신만의 당신다운 글이 나옵니다.

PART
02

책을 쓰고 싶은 당신
두려움부터 없애자

01

책 쓰기는 글쓰기와 다르다

책을 쓰고 싶지만, 글쓰기에 자신이 없어서 선뜻 도전하지 못하는 사람들이 있습니다. 책 쓰기와 글쓰기를 같다고 생각하기 때문이죠. 글을 써야 책이 완성된다는 점에서 글쓰기를 전혀 무시할 수 없지만 책 쓰기는 글쓰기와 다릅니다. 글을 쓰든 책을 쓰든 어떤 하나의 주제를 가지고 쓰는 것은 맞습니다. 그러나 주제를 선택하고 풀어가는 방식이 다릅니다. 다 쓰고 났을 때 성취감의 크기도 다릅니다. 좀 더 자세히 설명해 볼게요.

글쓰기는 어떤 현상에 대해 단상을 쓰지만, 책은 하나의 지식을 체계적이고 일관적인 맥락으로 씁니다. 예를 들어 블로그를 쓰는 것은 글쓰기입니다. 블로그 한 편이 글이 되는 거죠. 블로그를 쓸 때 관심 있는 하나의 주제를 다룰 수도 있고, 일상에서 스치는 하나의 사건을 붙잡아 순간의 감정이나 생각을 나열해도 글이 됩니다. 굳이 기승전결 같은 글의 기본 구조를 무시해도 누가 뭐라고 하지 않아요. 가령 방문한 장소의 사진을 업로드하고 사진에 대한 설명만 대충 써도 한 편의 블로그는 완성됩니다.

하지만 책 쓰기는 이렇게 쓰면 큰일 납니다. 책은 하나의 주제를 제목부터 목차, 서문 그리고 마지막 에필로그에 이르기까지 일관되게 한 주제로 써야 합니다. 크게는 한 권의 책 안에서 기승전결이 있어야 하고 작게는 한 꼭지의 글에서도 기승전결 혹은 서론 본론 결론 같은 글의 기본 구조를 따져서 써야 합니다.

책 쓰기와 글쓰기의 차이는 콘텐츠의 차이입니다. 현재 자기 콘텐츠가 있느냐 없느냐, 자기 콘텐츠를 만들어낼 수 있느냐 없느냐에 따라 책을 쓸 수 있기도 하고 없기도 해요. 그렇지 않으면 글쓰기로 머물러 있게 됩니다. 블로그 글을 모아서 책을 펴내기도 합니다만 그럴 경우는 블로그 글이 한 가지 주제로 통일되어 있어야 합니다. 아니면 동일한 주제의 글만 뽑아내서 콘텐츠화해야 합니다. 가령 블로그에 당신의 아이를 양육하는 과정을 쭉 써왔다고 해봐요. 그걸 책으로 내고 싶다고 해서 그대로 책이 되지는 않아요. 글이 책이 되기 위해서는 '육아' 라는 주제에 당신만의 콘셉트를 정하고 핵심 메시지를 뽑아내야 합니다. 다음에는 40개 이상의 세부 목차를 세워서 한 편 한 편의 글을 주제와 일관되게 써나가야 한 권의 책이 될 수 있어요. 책을 쓴다는 것은 하나의 콘텐츠를 생산하는 겁니다. 즉 책 쓰기는 자신의 콘텐츠를 독자에게 전달하는 것이죠.

책은 하나의 주제 즉 단일 콘텐츠를 모아놓은 것입니다. 예를 들어 식물에 관한 책을 쓰면서 음식 이야기를 함께 쓰면 안 된다는 말입니다. 주제가 퇴색되기 때문에 독자는 저자가 뭘 말하는 건지 헷갈리게 되죠. 책은 처음부터 끝까지 하나의 주제에 관해 글을 써야 합니다.

그러나 글쓰기는 범위가 다양해서 책 쓰기보다 좀 더 포괄적입니다. 앞에서 블로그를 예로 들었는데요. 블로그에는 여행 후기, 맛집 후기, 칼럼, 서평, 일상 이야기 등 다양한 글을 쓸 수 있어요. 제 블로그에도 서평과 일상의 소소한 이야기와 여행 후기 등 다양한 글을 쓰고 있습니다. 심지어 일기도 쓸 수 있어요. 어떤 사람은 매일 감사 일기를 쓰기도 하는데요. 이렇듯 각각의 방식으로 쓴 다양한 주제의 글이 다 글쓰기의 범주에 들어갑니다.

글을 썼을 때와 책을 썼을 때 성취감의 차이가 큽니다. 책을 쓰면 저자로 인정받지만, 글쓰기로는 저자가 될 수 없습니다. 블로그에 아무리 많은 글을 올려도 저자로 인정받지 못하지요. 책을 쓰고 난 후 내 이름으로 된 책이 대형서점에서 버젓이 팔리고 있는 모습, 저자로 초청받아 북 토크 혹은 저자 특강을 하는 당신의 모습을 상상해 보세요. 심지어는 방송 출연의 기회도 올 수 있습니다. 글쓰기로는 경험할 수 없는 놀라운 일들이 일어날 것입니다. 산발적으로 글을 써왔을 때와는 다른 엄청난 기회를 가져다주는 것이 책 쓰기입니다. 한 권의 책을 쓰고 그 책이 베스트셀러가 되어 인생이 바뀐 사람들의 사례는 어렵지 않게 찾아볼 수 있어요.

반면 글쓰기는 당신에게 무얼 가져다줄까요? 또 블로그를 예로 들어볼게요. 당신의 블로그에 하루 천 명 이상의 사람들이

접속해서 글을 읽는다고 해봐요. 그 사람들이 '공감'을 클릭하거나 호의적이고 긍정적인 댓글을 달아줍니다. 공감을 클릭한 숫자가 막 올라가고 댓글이 주르륵 달릴 때 당신의 기분은 뿌듯하고 행복할 겁니다. 하지만 자기만족일 뿐이죠. 물론 당신의 블로그에 방문자가 늘어나고 검색 결과 노출이 많으면 광고가 붙어서 약간의 소득으로 이어질 수는 있습니다. 거기서 글 쓰는 재미를 느낄 수도 있겠지요.

책 쓰기와 글쓰기 둘 다 어떤 주제의 글을 써야 하지만 그 주제를 선택하고 풀어가는 방식은 다릅니다. 글쓰기는 단편적이고 다양한 내용으로 쓰지만, 책은 자신의 경험이나 지식을 콘텐츠화해서 체계적이고 일관적인 맥락을 유지하도록 써야 합니다. 또한 글을 썼을 때 얻는 성취감의 크기도 달라요. 글쓰기가 자기만족에 그친다면 책 쓰기는 저자로 대접받을 수 있습니다. 글쓰기 글은 혼자 읽고 끝날 수도 있지만 책 쓰기에서 글은 반드시 독자가 있습니다. 자신보다는 독자를 염두에 두고 글을 써야 하는 이유이기도 하지요.

02

글은 못 써도 책은 쓸 수 있다

책을 쓰려면 글을 잘 써야만 되는 줄 압니다. 아닙니다. 글을 잘 못 써도 책을 쓸 수 있습니다. 이게 무슨 말인지 의아할 겁니다. 책 쓰기와 글쓰기가 다르다고 한 것까지는 이해한다. 하지만 책 쓰기와 글쓰기 둘 다 쓰기의 영역이다. 글을 못 쓰는데 어떻게 책을 쓸 수 있느냐고 항변할 것입니다. 맞습니다. 그럼에도 책을 쓸 수 있는 이유가 있습니다.

첫째, 글을 잘 썼는가가 아니라 어떤 메시지를 담았는가가 중요하기 때문이다

글을 잘 쓰고 못 쓰고는 문제가 되지 않습니다. 만약 당신이 쓰기라는 두려움에 사로잡혀 있다면, 게다가 '잘 써야 된다' 는 편견까지 더해지면 책 쓰기는 더욱 멀게만 느껴질 것입니다. 아마 넘지 못하는 높은 벽을 마주하고 서 있는 것과 같을 텐데요. '잘 쓴다' 라는 개념이 무엇인가요. 문장마다 화려하고 어려운 어휘를 동원하는 것? 묘사를 잘하는 것? 세상 어디에도 없는 특별한 아이디어를 제시하는 것? 결코 이런 것들이 '잘 쓴 글' 의 기준은 아닙니다. 잘 쓴 글은 누구라도 읽고 이해할 수 있어야 합니다.

필자 역시 첫 책을 출간하기까지 난관이 많았습니다. 무엇보다 글을 잘 쓰지 못한다는 두려움이 책 쓰기 시작부터 초고를 완성할 때까지 필자의 내면을 지배했습니다. 원고를 출판사에 넘기고 나서도 자신이 없었어요. 다른 사람들이 내 책을 읽고 "이것도 책이라고 썼나? 이 정도는 나도 쓸 수 있겠다."라고 할까 봐 혼자 움츠러든 가슴을 펴지 못했습니다. 마침내 책이 출간된 후 출판기념회를 하고, 독자들로부터 책이 쉬이 읽히고 내용이 좋다는 긍정적인 평을 듣기 시작하면서 웃을 수 있었습니다. 아마 필자의 메시지가 독자에게 잘 전달되었나 봅니다. 따라서 책은 글을 잘 썼는가가 아니라 어떤 메시지를 잘 담았는가가 중요합니다. 두려움 속에서 첫 책을 쓰고 5년이 지난 지금 당신에게 자신 있게 말해주고 싶어요. 책에 담을 메시지가 확실하다면 자신 있게 도전하라고.

둘째, 당신은 지금 인생에서 첫 책을 쓰려는 것이기 때문이다

처음으로 책을 쓰는 당신은 유시민처럼 쓸 수 없습니다. 첫 책을 쓰면서 전문 작가처럼 글을 쓰다니요. 만약 필자가 유시민이나 강원국처럼 써야 한다고 생각했다면 저는 이 책을 쓰지 못할 겁니다. 서문에서도 말했듯이 필자가 난관을 극복하고 첫 책을 써냈기 때문에 이 책을 쓰고 있습니다. 무슨 일이든 처음은 다 어렵고 두려워요. 그럼에도 당신이 첫 책을 무조건 써야 하는 이유는, 첫 책이 없이는 두 번째 책도 없기 때문입니다. 책 쓰기는 당신 인생에서 중요하고 가치 있는 일일진대 단 한 번으로 끝내고 싶지는 않겠지요. 그렇다면 첫 책을 쓰면서 글을 잘 쓰지 못한다는 이유로 망설일 필요가 없어요. 필자의 경험으로 당신에게 주는 현실적인 조언입니다.

셋째, 책 쓰기는 글쓰기 능력으로 결정되지 않기 때문이다

당신이 쓰고 싶은 책은 아마 지금 하는 일, 관심을 가지고 몰입해 온 일, 당신이 살아온 특별한 경험 등일 겁니다. 이런 종류의 책은 글쓰기 능력보다 독자에게 어필할 수 있는 콘텐츠인지가 더 우선입니다. 독자들에게 도움이 될 콘텐츠라면 글을 좀 못 써도 책을 쓸 수 있습니다. 출판사에서는 당신의 글솜씨를 보는 게 아니라 당신의 콘텐츠가 독자에게 유용하고 가치 있는 내용인가를 따져 출판 여부를 정합니다. 자, 당신이 출판사 대표라면, 글은 잘 썼지만, 콘텐츠가 확실하지 않은 원고와 글은 잘 쓰지 못했지만, 콘텐츠가 좋은 글 중에서 어떤 원고를 선택할까요?

책을 쓰기 위해 먼저 해야 할 일은 차별화된 콘텐츠를 발굴하는 일입니다. 독자들에게 도움이 될 만한 주제여야겠지요. 콘텐츠가 좋으면 문장 표현이 조금 세련되지 못해도 문제가 되지 않습니다. 독자들은 유려한 문장보다 쉽게 이해할 수 있는 책을 원하니까요. 그런 책이 사랑받는 책이 됩니다. 당신만의 콘텐츠를 독자에게 잘 전달할 수 있도록 당신만의 깊은 시선으로 풀어내는 것이 책 쓰기의 핵심이자 기술입니다.

책 쓰기라는 미지의 분야에 도전하기 위해서는 글을 잘 써야 한다는 선입견을 버리고 메시지에 집중하면 됩니다. '나는 지금 인생에서 첫 책을 쓰려고 하는 것이다. 조금 부족해도 괜찮다.'라는 주문을 걸어 놓고 자신을 다독여주세요. 유명 작가처럼 쓰지 않아도 됩니다. 책 쓰기는 글쓰기 능력으로 결정되지 않기 때문이죠. 글쓰기 능력을 고민하기보다 당신만의 콘텐츠를 창조하는 데 힘써야 합니다. 당신만의 차별화된 콘텐츠를 어떻게 하면 독자들에게 잘 전달할 수 있을지를 고민해야 합니다.

03

당신의 이야기가 책이 될 때

2019년 여름 국민연금공단에서 '작가탄생 프로젝트'를 수행했습니다. "모든 국민은 작가다!"라는 모토로 진행되었지만 사실상 은퇴자의 인생 2막을 지원하는 의미가 더 컸습니다. 마침 퇴직 원년이던 필자도 한 치의 망설임 없이 참여했습니다. 국민연금 관계자들은 한 달 만에 책을 쓰는 도저히 불가능한 목표를 설정해 놓고 프로젝트를 끌고 나갔는데요. 왜 글을 써야 하는지 매주 강의하고, 강원국 작가 특강을 마련하는 등 책을 쓸 수 있도록 동기와 용기를 불어넣었습니다. 진행자들의 열정적인 독려에 힘입어 참여자들은 기적처럼 책을 썼습니다. 한 달 만에 자신의 책 1권씩을 품에 안았지요. 비록 소장용이지만 믿기 어려운 그 경험은 참여자들에게 누구나 책을 쓸 수 있다는 가능성과 자신감을 심어주었습니다. 그럴 수 있었던 것은 바로 모두가 자기 이야기를 썼기 때문입니다.

글쓰기 교실에 가면 내 이야기부터 쓰라고 합니다. 사실 내 이야기만큼 개별적인 소재도 없습니다. 책 쓰기에 있어서 내 이야기는 가장 많이 사용하는 사례이기도 하죠. 어떤 사람은 내 이야기가 무슨 책이 될 수 있겠냐고 반신반의하는 반면, 우리네 어머니들은 자신들 이야기를 책으로 쓰면 몇 권은 된다고 말합니다. 그러나 어느 어머니도 책을 쓴다고 쉽게 덤비지 못합니다. 이야기가 책이 되는 방법을 모르기 때문이죠.

자기 이야기를 책에 녹여내는 방법은 다양합니다. 당신이 살아온 시간 순서대로 쓰면 자서전이 됩니다. 책 한 권 전체를 자기 이야기로 풀어놓는 자기 서사의 방법인데요. 자신의 삶을 소재로 삼아 재구성하고 의미화해서 서술하는 글쓰기입니다. 만약 당신이 독특한 인생을 살았다면 그런 삶을 살아보지 못한 독자들에게 감동과 대리 만족을, 고난을 극복한 이야기라면 위로와 용기를 줍니다.

반면 당신이 살아내는 일상이나 사건에 감성을 더해서 어떤 삶의 의미를 발견한다면 에세이가 됩니다. 에세이는 독자들의 감성을 터치하면서 삶을 아름답게 관조합니다. 하고 싶은 말에 당신의 이야기를 사례로 입힌다면 글에 힘이 실리고 신뢰가 쌓일 것입니다. 저자도 그랬구나! 나도 할 수 있겠구나! 이렇게요.

당신의 이야기에서 독자는 당신의 문장 하나하나를 분석하지 않습니다. 표현이 남다른지 고급 어휘를 사용했는지 그다지 관심을 두지 않아요. 독자는 당신 이야기에서 자신과 비슷한 점을 찾아 공감대를 형성하려고 합니다. 또는 위로받고 힘을 얻어 살아갈 목적을 확인합니다. 그게 독자가 돈을 지불하고 당신의 책을 산 이유이죠. 당신은 책이라는 매체를 통해 원하는 사람에게 당신의 이야기를 상품으로 판 것이고요.

백세희의 《죽고 싶지만 떡볶이는 먹고 싶어》는 2018년 베스트셀러였습니다. 우울증과 불안장애를 겪는 저자가 자신의 정신과 치료 과정을 가감 없이 기록한 치료 일기인데요. 많은 사람이 저자의 이야기에 귀를 기울였습니다. 지독히 우울하지도 행복하지도 않은 애매한 기분으로 하루하루를 살아내는 저자의 이야기를 왜 그렇게 많은 사람이 듣고 싶어 했을까요? 바로 저자의 진솔한 이야기가 비슷한 감정으로 위태롭게 살아가는 사람들에게 위안이 되었기 때문입니다. 필자는 2019년 독서토론 진행 가이드로 한 독서모임에서 6주간 독서토론을 진행했습니다. 전주시립도서관에서 시민들의 독서활동을 돕기 위한 프로젝트였는데요. 그때 모임의 리더가 백세희의 《죽고 싶지만 떡볶이는 먹고 싶어》를 언급하더군요. 자신도 우울증이 있는데 그 책을 읽고 난 뒤 자신 있게 사람들 앞에 나서게 되었노라고. 책이 그에게 위로와 자신감을 심어준 게 확실합니다. 그해 겨울 대만 여행 중에 들른 대형서점인 성품서점(成品書店)에서 이 책이 비문학 부문 베스트셀러 1위인 것을 보고 놀라움을 금치 못했습니다.

이야기는 진솔하게 써야 합니다. 앞에서 책 쓰기는 글을 못 써도 된다고 했는데요. 아무 말이나 막 써도 된다는 말이 아닙니다. 독자가 책을 사는 것은 당신의 경험에 비용을 지불하는 것입니다. 따라서 당신의 이야기를 산 독자가 자신의 선택을 후회하지 않도록 해야 할 의무가 있어요. 그렇다고 근거 없는 자극적인 이야기로 독자를 호도해서는 안 됩니다. 당신이 살아오면서 느끼고 생각한 바를 과장하지 않고 진솔하게 담아낼 때 독자는 책에서 당신을 보고 느끼고 감동하는 것입니다.

책은 독자를 배려하면서 써야 합니다. 어떤 이야기에 독자가 반응할까, 어떤 현상에 관심을 가질까, 독자를 면밀하게 살펴야 합니다. 우리는 삶 속에서 끊임없이 이야기를 나누고 싶어 하는 본능이 있어요. 영국의 여류 소설가 바이어트(Byatt)는 《이야기의 힘》에서 "이야기는 호흡이나 혈액순환처럼 인간 본질의 한 부분"[6]이라고 말했습니다. 우리는 태어날 때부터 이미 스토리텔러인 거죠. 누가 시키지 않아도 내 이야기를 하고 싶어 하고 한편으로는 다른 사람의 이야기를 듣고 싶어 합니다. 서로의 이야기에서 에너지를 주고받습니다. 이야기를 주고받는 과정에서 기쁨과 아픔을 함께 나누고 위로받고 격려해 주며 삶의 방향을 찾기도 합니다.

당신만의 이야기가 있나요? 당신의 언어로 진솔하게 표현해 보세요. 그렇게 썼을 때 당신 이야기가 책이 됩니다. 다시 강조하지만, 유명 작가처럼 써야 하는 건 아닙니다. 이야기에 진정성이 담기면 됩니다. 실화를 바탕으로 제작한 영화에 더 많은 감동이 있듯이 책도 저자의 이야기를 자신만의 시각으로 담담하게 풀어냈을 때 독자들 마음이 더 빨리 움직이게 됩니다. 당신의 이야기 본능을 깨워보세요.

04

첫 책은 베스트셀러가 아니어도 괜찮아

"오늘은 시원한 바람이 창을 통해 들어옵니다. 오늘도 여느 날과 마찬가지로 베란다 식물들을 바라보다가 또다시 스멀스멀 들어오는 부족함과 불안함……. 전문가도 아니면서 식물 좀 키웠다고 글을 엮을 수 있을까? 라는 두려움이 몰려오네요."

책 쓰기 코칭을 받기 시작한 강○○님이 보내온 카카오톡 글입니다. 자칭 어반정글 베란다가드너로서 자신의 아파트 베란다에서 300여 종의 식물을 키운 지 3년여. 강○○님은 10년 전 교직을 명예퇴직하고 몇 차례 국내 유명 커피전문점 프랜차이즈 대표 등 사업가의 길을 걸었어요. 블로그를 통해 매출을 극대화한 매장 운영 성공 노하우를 전하는 강사이기도 했습니다. 지금은 다 내려놓고 매일 베란다에서 식물과 동고동락하는 생활을 하고 있는데요. 식물과 교감하는 게 너무너무 행복하다고 합니다. 책 쓰기 코칭이 4회 정도 진도가 나가면서 글쓰기가 약간 부담이 갔는지 이렇게 카톡 문자를 보내왔습니다.

"1%도 의심하지 마세요. 이미 페이스북에 올리는 글만으로도 조금만 늘리고 다듬으면 훌륭한 책이 될 수 있어요. 베스트셀러를 목표로 하는 건 아니죠? 단 한 명이라도 대표님 책을 읽고 감동한다면 충분히 쓸 가치가 있어요."

이렇게 답을 보냈습니다. 당신이 힘들여 쓴 책을 이왕이면 많은 사람이 읽어주길 바랍니다. 이해합니다. 하지만 당신은 지금 첫 책을 쓰고 있어요. 그런데 책을 쓰는 목표가 베스트셀러인가요? 아닐 것입니다. 베스트셀러가 뭔가요. 많이 팔리는 책입니다. 어떤 책이 많이 팔릴까요? 사람들의 관심사에 편승하는 책일수록 많이 팔립니다. 코로나 팬데믹이던 시기에는 감염병과 포스트 코로나 관련 책이 인기를 끌었고, 코로나 블루로 힘들어하는 사람들의 마음을 어루만져주는 감정 관련 책이 많이 팔렸다고 합니다. 출판사의 공격적인 마케팅도 베스트셀러 탄생에 한몫하죠. 하지만 많이 팔린다고 해서 꼭 좋은 책이라고 판단할 수는 없습니다. 당신의 첫 책을 베스트셀러로 만들고 싶은 욕심에 무턱대고 시대에 편승하는 주제를 선택해서 무리하게 쓰는 것은 좋은 방법이 아닙니다. 좋은 책을 쓰는 것에 목표를 두어야 오래 남는 책을 쓸 수 있어요. 간혹 어떤 책쓰기 책에는 첫 책부터 베스트셀러가 될 수 있다고 말합니다. 희망 고문입니다. 물론 첫 책을 시류에 걸맞은 주제로 써서 베스트셀러가 된 경우도 있습니다만.

첫 책은 대부분 퍼스널 브랜딩을 목표로 씁니다. '나는 이러이러한 사람이다.' 라는 것을 세상에 공표하기 위해 책이라는 매개를 활용하는 것이죠. 따라서 나는 과거에 이런 일을 해왔고, 현재 이렇게 살고 있으며, 앞으로도 이런 사람이 되겠다는 철저한 자기 분석 후에 어떤 주제로 책을 쓸지 결정합니다. 판매에 연연하는 베스트셀러보다는 알찬 내용으로 당신의 가치를 알릴 수 있는 책을 쓰겠다는 목표가 우선되어야 합니다. 그래야 책을 통해 정의된 당신을 잘 드러내 보이고 오래도록 당신의 가치와 신념을 지속할 수 있습니다.

책을 쓴 이후에는 당신의 활동이 책과 연결되도록 해야 합니다. 그래야 책을 통해 진정한 자기 브랜딩이 되는 겁니다. 강○○님은 지금 책을 준비 중이지만 그녀의 확고한 의지를 보면 분명 자신의 정체성을 책에 녹여낼 것이라고 믿어 의심치 않아요. 아마 향후 '어반정글 베란다가드너' 라는 키워드가 들어간 책을 서점에서 발견할 것입니다. 그때쯤이면 그녀는 식물 전문가가 되어 있을 겁니다. 온·오프에서 많은 사람과 소통하며 그들에게 실질적인 도움을 주고 있겠죠. 그녀가 첫 책으로 자기 브랜딩에 성공했을 때 일어나는 일입니다.

《책과 잘 노는 법》은 필자의 첫 책입니다. 이 책을 쓴 후 퇴직했고 지금 인생 2막을 책과 관련한 일을 하면서 의미 있게 보내고 있습니다. 퇴직 전 대학도서관에서 30년 이상 사서로 일한 경력과 첫 책이 시너지를 내고 있다고 해도 과언이 아닌데요. 현재 북큐레이터로서 2020년 전주 독서대전의 메인 프로그램인 '다독다독북큐레이션' 수행에 참여하고, 현재는 익산의 공공도서관에서 독자의 목적과 상황에 맞는 북큐레이션을 강의하고 있습니다. 한 사립작은도서관을 적극 돕고 있으며 '시너지 책 쓰기 코칭센터' 에서 글쓰기 코치로서 책을 쓰고자 하는 사람들에게 도움을 주고 있어요. 이런 활동들이 모두 첫 책을 썼기 때문에 가능한 일입니다.

책을 출판해 준 출판사 입장에서는 책이 많이 팔리는 게 목표입니다. 하지만 저자 입장에서는 첫 책으로 어떻게 퍼스널 브랜딩을 할 것인가가 더 큰 목표입니다. 출판사와 저자의 입장이 교집합을 이룬다면 더없이 환상적인 조합이 되겠죠. 당신의 책도 그렇게 되도록 콘셉트를 잡아야 합니다. 《책과 잘 노는 법》은 베스트셀러는 아닙니다. 그래도 괜찮습니다. 반짝 나왔다가 사라질 책이 아니라고 판단하기 때문이죠.

첫 책을 쓰려는 당신, 두려워하지 마세요. 베스트셀러가 아니어도 괜찮습니다. 모든 책이 베스트셀러가 될 수도 없을뿐더러 그런 일은 일어나지 않습니다. 베스트셀러는 첫 책에서 어쩌다 얻을 수 있는 행운입니다. 당신이 사랑하고 가슴 떨리는 일이 무엇인지 먼저 생각해 보세요. 반짝 팔리다가 사라지는 책보다는 오래 살아남는 책이 좋습니다. 책에 담고 싶은 내용이 얼마나 가치 있고 이로운지가 먼저입니다. 책은 곧 당신을 말해줍니다.

05

한 문장을 쓰면 글이 꼬리를 문다

책을 쓰다 보면 내용이 술술 써질 때가 있습니다. 반면, 어떤 때는 도무지 안 써질 때도 있습니다. 글의 첫 문장부터 시작조차 하지 못할 때도 있고, 글의 중간쯤에서 막힐 때도 있습니다. 마음은 급한데 꽉 막힌 머릿속이 문제인지 움직이지 않는 손가락이 문제인지 알 수가 없습니다. 어찌어찌 한 문장을 쓰고 나면 다음부터는 상황이 급변하여 글이 꼬리에 꼬리를 무는 경이로운 일도 간혹 일어납니다.

아동문학가 김자연은 "글은 손끝에서 나온다"라는 말을 동화 쓰기 수업에서 자주 언급했습니다. 그 말이 무슨 뜻인지 나중에 책을 쓰면서 알았습니다. 첫 책을 쓰는 중에 글이 자주 막혔는데요. 그럴 때마다 써놓은 문장을 하릴없이 들여다보곤 했습니다. 그러면 신기하게도 다음 문장이 생각나곤 했습니다. 앞 문장을 설명하거나 보완하는 말 또는 앞 문장에 대한 이유나 근거 등 어떤 형태로든 문장이 이어졌어요. 아마 써놓은 문장을 끈질기게 물고 늘어지니까 글이 슬그머니 꼬리를 내어주는 것 같았습니다. 그 꼬리를 잡고 다음 문장을, 또 다음 문장을 이어나갔습니다. 그렇게 쓴 문장의 한 예입니다.

"책 도둑은 도둑이 아니다.라는 말이 있다. 이 말은 옛날 학문에 뜻을 둔 가난한 선비가 책을 구하지 못해 슬쩍하거나 주인 허락 없이 책을 가져다가 필사한 후 돌려준 것에서 비롯한 말이다. 책이 귀해서 그렇게라도 하지 않으면 가난한 선비들은 책을 접할 방법이 없었기 때문에 책을 훔치더라도 너그러이 용서해야 한다는 인식이 있었다."

"책 도둑은 도둑이 아니다. 라는 말이 있다."

이 문장을 써놓았는데 다음에 어떤 말로 이어가야 할지 한참을 망설였습니다. 그러다가 이 말이 왜 생겨났는지 그 유래가 궁금했죠. 어렸을 때부터 듣곤 했지만 왜 이런 말이 생겼는지 정확한 유래를 알아봐야겠다는 생각이 들었어요.

"이 말은 옛날 학문에 뜻을 둔 가난한 선비가 책을 구하지 못해 슬쩍하거나 주인 허락 없이 책을 가져다가 필사한 후 돌려준 것에서 비롯한 말이다."

이 문장으로 두 번째 문장을 이어갔습니다. 그리고 가난한 선비가 책을 훔쳤는데 왜 도둑이 아니라고 사회적 합의를 하게 되었는지 궁금해졌어요. 정확한 의미를 알기 위해 인터넷을 찾아보고 정리했습니다.

"책이 귀해서 그렇게라도 하지 않으면 가난한 선비들은 책을 접할 방법이 없었기 때문에 책을 훔치더라도 너그러이 용서해야 한다는 인식이 있었다."

자연스럽게 세 번째 문장을 썼습니다. 이는 마치 뇌의 연상 작용과 같은 원리인데요. 하나의 관념이 그것과 연관된 다른 관념을 불러일으키게 되는 심리적 작용을 말합니다. 예를 들어 하얀색 구름을 보았는데 하얀 솜사탕이 생각나는 것도 연상 작용입니다. 독서토론에서도 이와 같은 상황이 일어나는데요. 서로 의견을 주고받다가 어떤 논제에 대해 다른 사람이 자기 생각을 이야기하면 그 이야기를 듣고 내 생각이나 경험이 떠오르게 됩니다. 글도 마찬가지로 한 문장을 보고 있으면 그 문장과 관련된 정보들이 떠올라 다음 문장을 계속 이어갈 수 있습니다. 연상 작용에는 이처럼 생각을 이어주는 촉매가 필요한데요. 글에서는 일단 써놓은 한 문장이 촉매가 되어줍니다. 한 문장이 꼬리에 꼬리를 물고 이어지면서 하나의 문단이 되고, 문단이 모여서 한 편의 글이 되고 나아가 한 권의 책이 됩니다.

책을 써보기 전에는 아무 생각 없이 책을 읽었습니다. 책에 대한 평가도 서슴없이 했습니다. 책을 쓰고 난 후에는 한 권의 책을 대할 때마다 저자의 노고를 생각하게 되는데요. 이 한 권을 쓰기 위해서 얼마나 많은 시간을 책상 앞에서 고민했을지, 한 문장을 앞에 놓고 다음 문장을 잇기 위해 어떻게 생각을 쥐어짰을지, 그 지난한 인고의 시간을 무슨 마음으로 버텨냈을

지, 책 속에서 저자의 섬세한 몸부림을 느낍니다. 책을 써보고 나서 이제는 자신 있게 이야기합니다. 세상에 어떤 책도 무의미한 책은 없다고.

글을 잘 쓰는 사람들이야 머릿속에 잘 정리된 생각들을 막힘없이 풀어내겠지요. 하지만 당신은 첫 책을 쓰려는 사람이자 글쓰기에 두려움을 가지고 있는 사람입니다. 필자 역시 하얀 노트북 화면을 메꾸기 위해서 매일 새벽 악전고투하고 있습니다. 그럼에도 분명하게 말씀드릴 수 있는 것은 일단 한 문장이라도 써놓아야 써진다는 것입니다. 목차라도 써 놓으면 됩니다. 각각의 목차에서 한 문장이 나오기 때문이죠. 써놓은 문장을 보면 그 문장이 실마리가 되어서 실타래 풀리듯 다음 문장으로 나아갑니다. 강원국 작가는 한 강연에서 "쓸거리가 있어서 쓰는 게 아니라 쓰면 쓸거리가 생각난다."라고 했습니다. 유튜브 강연에서인지, 오프라인 강연에서인지 정확하지는 않지만 둘 중 하나일 겁니다. 글쓰기에 진심인 필자가 그분의 강연과 강의를 다수 찾아 듣던 순간 인사이트를 주는 말이었죠. 당신도 책을 써보면 아마 깊이 공감할 것입니다.

책을 쓰다가 막히면 어떻게든 일단 한 문장을 써보세요. 쓰면 그다음 문장이 만들어집니다. 당신은 책을 쓰면서 이 놀라운 경험을 할 것입니다. 쓰면 써지는 게 글입니다. 글의 꼬리를 물고 이어지는 글의 이면을 볼 것입니다.

06

영감이 오는 기적을 즐기자

이 책을 쓰던 중 하나의 목차에서 딱 막혔습니다. 그 주제가 필요하다 싶어 목차에 넣었는데 막상 쓰려니 막막해집니다. 첫 문장을 어떻게 시작해야 할지, 본문을 어떤 내용으로 채워 나갈지 노트북 화면처럼 머릿속도 하얗습니다. 인터넷을 헤매보지만 신통한 자료도 눈에 띄지 않습니다. 다음 날 새벽까지 한 문장도 쓰지 못하고 노트북을 닫았습니다. 일단 걷기로 하고 집을 나서서 10분쯤 걸었을 때 느닷없이 그분이 오셨습니다. 막혔던 목차 주제를 채울 내용이 떠오른 겁니다. 얼른 휴대폰 메모장을 열고 회심의 미소를 지으면서 키워드를 적었죠. 만 하루를 고민해도 떠오르지 않던 글의 개요가 엉킨 실타래 풀리듯 떠오르다니! 이게 기적이 아니고 무엇일까요?

책을 쓰다가 막힐 때 한 문장을 써놓고 그 문장과 씨름하다 보면 다음 문장이 이어진다고 바로 앞에서 말했는데요. 그래도 안 써질 때가 있습니다. 마땅한 자료나 사례를 찾지 못했고 그렇다고 머릿속 생각도 정리가 안 되어 있기 때문인데요. 써야 할 목차를 놓고 하루 종일 노트북과 씨름해 보지만 한 문장도 쓰지 못할 때 어떻게 할까요? 해당 목차를 지워야 할까요? 물론 그럴 수도 있습니다. 그러나 꼭 필요한 목차라면 버릴 수도 없습니다. 그럴 때는 의도적으로 쓰기에서 잠시 멀어지는 게 한 방법입니다. 영감이라고 부르는 그분이 기적처럼 갑자기 찾아오기도 하거든요. 왜 바둑에서 훈수 두는 사람이 더 잘 본다고 하죠. 대상에서 멀어지면 객관화되어 잘 보이는 것처럼 책을 쓸 때도 마찬가지입니다.

첫 책 《책과 잘 노는 법》을 쓸 때는 주로 출근 준비를 하다가 그분을 맞이하곤 했습니다. 그때도 역시 새벽 시간에 집필했는데요. 두 시간 정도 원고를 쓰다 보면 뇌가 쓰기 모드로 전환되면서 뭔가 막 써지다가 어느 부분에서 다시 막히고를 반복했죠. 어차피 출근 준비를 위해 쓰기를 멈춰야 합니다. 조금만 더 고민하면 막혔던 부분이 시원하게 뚫릴 것도 같은데 어쩌겠습니까. 일어나야죠. 그런데 꼭 그 순간, 그러니까 머리에 샴푸를 묻히고 벅벅 문지르고 있을 때 그분이 옵니다. 느닷없이 와서는 막혔던 부분을 시원하게 뚫어줍니다. 거품 채 머리를 수건으로 감싸고 얼른 들어와 메모해 놓고 마저 머리를 감는 날이 한두 번이 아니었어요.

영감이 오면 바로 붙잡아야 합니다. 어떤 방법으로든 바로 잡아놓지 않으면 마치 안개처럼 사라져 버립니다. 한순간에 번개처럼 스치기 때문에 기억을 저장하는 해마에 영향을 미치지 않습니다. 휴대폰 메모장에 빠르게 기록해 놓거나 손가락 사용이 불가능한 상황이라면 녹음기능을 활용해도 됩니다. 아날로그에 더 익숙하다면 수첩이나 노트에 메모해야겠죠.

영감은 다양한 순간에 찾아옵니다. 영감(Inspiration)은 '창조적인 일의 계기가 되는 기발한 착상'[7]이나 자극을 말하는데요. 보통 위대한 예술가나 발명가에게만 국한되는 능력이라고 생각하죠. 아닙니다. 자기 분야에서 책을 쓰는 일처럼 창조적인 일을 하는 사람들에게도 영감이라는 게 있습니다.

혹자는 영감을 얻기 위해 특별한 의식을 행하기도 하고 혼자만의 공간에서 다양한 방법을 동원합니다만, 주로 일상에서 부지불식간에 찾아오기도 합니다. 책을 쓰다가 잘 안 풀릴 때 얻을 수 있는 몇 가지 방법을 소개해볼게요. 주로 필자의 경험을 통한 방법입니다.

첫째, 책 쓰기를 중단하고 잠시 여유를 가진다

써지지 않는 주제를 붙잡고 책상에 오래 앉아 있는다고 풀리지 않습니다. 미련 없이 노트북을 덮고 주변 산책을 하거나 커피 한 잔을 음미하면서 멍때리는 시간을 가질 때 기적처럼 영감이 옵니다. 영감은 당신의 빈틈을 노리고 있다가 그 틈새를 비집고 들어와요. 아이디어는 책상 앞에 앉아서 골똘히 생각한다고 저절로 떠오르는 것이 아니거든요. 오히려 아무것도 생각하지 않는 멍한 순간에 전광석화처럼 떠오릅니다. 고민이 깊을수록 문제에서 멀어져 여유를 갖는 게 필요하죠.

둘째, 계속 그 생각만 한다

안 써지는 주제를 계속 생각하는 것인데요. 일종의 몰입 상태를 말합니다. 그 상태에서 영감이 번개처럼 머리를 스치고 지나갑니다. 위에서 소개한 걷기를 하거나 머리를 감다가 그분이 오는 경우가 바로 그 생각을 계속하던 중이었다고 보면 됩니다. 바로 몰입의 끝에 얻는 영감으로 가장 기쁘고 즐거운 순간이죠.

셋째, 유사 도서를 읽는다

개인적으로 가장 많이 활용하는 방법입니다. 책을 통해 다른 사람들의 생각을 엿보면서 내 생각을 만들어내는 방법인데요. 책을 쓰고자 한다면 당신이 쓰고자 하는 주제의 유사 도서를 10~30권 이상 읽어보길 권합니다. 때로 쓰려는 책의 유사 도서를 3권도 채 읽지 않고 책을 쓰려는 사람이 있습니다. 결국은 쓰지 못합니다. 유사 도서에서 얻을 수 있는 영감이라기보다 배경지식의 문제겠지요. 완전히 새로운 분야의 책을 쓰겠다면 100권 이상을 읽어야 할 것입니다. 하지만 지금 당신 분야에서 갈고닦은 오랜 경험과 지식이 당신 안에 축적되어 있다면, 지나치게 많은 책을 참고하는 것은 오히려 과유불급. 꼭 필요한 적정 도서를 선택하는 지혜가 필요합니다.

《대통령의 글쓰기》 저자 강원국도 "글이 안 써질 때 산책을 하거나, 누군가와 얘기를 하거나, 써야 할 글과 관련된 책이나 칼럼을 읽는다."[8]고 합니다. 하물며 첫 책을 쓰는 당신. 글이 안 써지는 게 당연합니다. 좌절하지 말고 영감에 기대보세요. 잠시 생각을 내려놓을 때, 혹은 몰입 상태에서, 아니면 주제 관련 책을 읽다가 그분을 맞이하게 됩니다. 영감이라고 불리는 그분을 맞이하면 기적이 일어난 것처럼 황홀해집니다.

영감을 얻는 방법은 사람마다 조금씩 다를 수 있어요. 그분을 맞이하는 당신만의 색다른 방법이 있나요? 그분이 오는 순간을 마음껏 즐기세요.

07

단 한 명이라도 완벽한 내 편을 둔다

필자의 첫 책 《책과 잘 노는 법》 본문 집필을 시작하고 초고 한 편을 썼습니다. 두세 번 수정하고 나니 그런대로 읽을 만했습니다.

"여보, 이 글 한 번 읽어봐요."

남편에게 원고를 조심스럽게 내밀었습니다. '잘 썼네. 당신 대단해!' 이런 피드백을 내심 기대했죠. 선생님 앞에서 칭찬을 기다리는 학생처럼 남편이 원고를 읽어 내려가는 2,3분 동안 필자의 가슴은 미세하게 떨렸습니다. 드디어 원고를 다 읽은 남편은 "음, 잘 썼는데" 여기까지 말하고는 뜸을 들이더군요. "데" 다음의 길게 늘어지는 목소리에서 미묘하게 부정적인 느낌을 받았습니다. 아니나 다를까 "글이 어쩌고저쩌고" 지적이 이어지더군요. 원고를 돌려받았지만 그대로 서랍에 넣어 버렸습니다.

남편의 혹평은 쓰라렸습니다. 한 달 동안 원고를 단 한 자도 쓰지 못했죠. 상처받은 감정을 회복할 시간이 필요했어요. 나름 최선이라고 생각한 원고였는데 부정적인 피드백이 돌아오니 자신감이 곤두박질친 것입니다. 그렇게 인고의 시간을 견딘 후 다시 초고를 쓰기 시작했는데요. 이후부터는 원고를 남편에게 보여주지 않았습니다. 필자에게 책을 쓰도록 이끌어준 멘토와 책 쓰기 코치에게만 보여줬습니다. 한 꼭지 한 꼭지 보여줄 때마다 '잘 썼다' '훌륭하다' 같은 피드백이 돌아왔습니다. 물론 필자의 글이 정말 훌륭하다고 생각하지 않았어요. 첫 책을 쓰면서 누구보다 자신을 잘 알고 있었으니까요. 하지만 긍정의 피드백을 받을 때마다 어깨가 으쓱해지고 자신감이 치솟는 기분은 계속 글을 쓰게 하는 원동력이 되었습니다. 그 여세를 몰아 초고를 쓸 수 있었죠.

강원국 작가 역시 신입사원 시절 만난 상사 한 분이 인생 최고의 행운이었다고 말합니다. 글을 써서 보여주면 상사는 항상 "어떻게 이렇게 잘 쓰느냐."[9]라며 놀라워했고 "이 내용대로 해보자."라고 말했다고 합니다. 작가는 "자네가 썼으면 오죽 잘 썼을라고." 이 말을 듣기 위해 밤새워 글을 썼다고 했는데요. 늘 칭찬하던 그 상사야말로 최고의 글쓰기 선생이었던 것이죠.

인간은 아이나 어른이나 칭찬에 목말라합니다. "잘했어~" 한 마디에 용기를 얻어 능력 이상의 성과를 내기도 합니다. 반면 "이 정도밖에 못 해?"라는 말에 의기소침하여 한 발짝도 앞으로 나아가지 못하고 주저앉아버리기 일쑤이죠. '빨간펜' 같은 지적은 글쓰기 두려움을 키울 뿐이에요. 대학에 재직 시절 직원이 공문을 작성해서 올리면 출력해서 빨간 볼펜으로 죽죽 그어 담당자에게 돌려주었습니다. 한두 문단의 공문에 무슨 지적을 그렇게 했는지, 담당 직원은 빨간펜이 그어진 자신의 문서를 받고 얼마나 마음의 상처가 컸을지, 지금 생각해도 얼굴이 화끈거립니다. 하지만 지적이 무서워 기껏 쓴 글을 아무에게도 보여주지 않을 수는 없는 일이죠. 글을 쓰면 어떤 경로를 통해서든 독자가 읽게 마련입니다. 직원이 올린 공문도 결국 필자의 윗선에서 읽게 되니, 중간 결재자로서 책임을 느낄 수 밖에 없었다는 구차한 변명을 할 수밖에요.

독자가 읽어야 할 글은 객관성을 담보해야 합니다. 따라서 누군가가 미리 읽고 피드백을 해주면 좋은데요. 이때 칼날 같은 비판의 잣대를 사정없이 휘두른다면 글을 다 쓰기도 전에 위축될 수 있습니다. 이왕이면 긍정적인 피드백을 해줄 사람에게 보여주면 좋아요. 설사 문맥이 안 맞고 맞춤법이 틀렸어도 잘 썼다고 진심으로 칭찬해 줄 사람이 필요합니다. 어차피 글쓴이가 자신의 글을 읽고 또 읽으면서 스스로 잘못된 부분을 알아낼 테니까요. 가족이나 친구 또는 멘토도 좋습니다. 주변을 잘 둘러보세요. 분명 당신의 글에 칭찬과 격려를 해줄 그런 사람 있을 겁니다.

특히 첫 책을 쓰는 중에는 완벽하게 당신 편이라고 확신할 만한 사람이 필요합니다. 그 단 한 사람에게만 초고를 보여주세요. 아무리 못 썼어도 지적하지 않고 진심으로 응원해 줄 사람이 단 한 명이라도 있다면 천군만마를 얻는 것보다 낫습니다. 그 사람으로 인하여 당신의 초고는 마지막 꼭지를 향해 막힘없이 나아갈 것입니다. 원고를 쓰는 손가락에 순풍을 달아 줄 것입니다.

08

책 쓰는 시간이 최고의 글쓰기다

글을 쓰면서 한결같이 느낍니다. 글 쓰는 시간이 나를 들여다보는 시간이라는 것을요. 내가 요즘 어떤 생각을 하는지, 무엇을 좋아하고 싫어하는지, 세상을 제대로 살아왔는지, 앞으로 어떻게 살고 싶은지 등 나 자신과 대화하고 나를 알아가는 시간이라는 것을요. 글을 쓸 때 가장 진솔해지기 때문인데요. 그래서 인간은 자기 자신과 대면할 때 성숙해진다고 하지요. 만약 책을 쓴다면 더더욱 자기 내면으로 깊이 들어가게 됩니다. 책에 자신의 삶을 담아내야 하니까요. 자기 자신을 깊이 탐색하고 글로 표현하는 과정이 바로 책을 쓰는 시간입니다.

책 쓰기는 글쓰기를 할 수 있는 최고의 시간입니다. 글쓰기가 하나의 토픽을 다룬다면 책 쓰기는 하나의 큰 상위 주제를 놓고 그 밑에 40개 내지 50개의 연관 토픽을 다룹니다. 글쓰기의 결론이 말하고자 하는 토픽의 주제를 벗어나면 안 되듯이 책 쓰기도 처음부터 마지막까지 상위 주제를 이탈하면 안 되는데요. 가령 책 쓰기의 목차 하나를 독립적인 토픽으로 놓고 쓸 때 그것은 글쓰기이지만, 목차 전체가 책의 주제를 향하도록 글을 쓰면 그것은 책 쓰기입니다. 따라서 목차가 40개라면 40개의 글을 쓰는 것이죠. 나와 마주하는 시간이 40번이라는 말이기도 합니다.

글쓰기의 어려움이 소재 발굴에 있다고 하지요. 책 쓰기의 어려움도 써야 할 주제를 찾는 데 있습니다. 매일 글을 쓰고 싶어도 마땅히 쓸 주제를 찾지 못하는 날이 부지기수일 텐데요. 책 쓰기는 40개 이상의 목차가 이미 정해져 있습니다. 물론 당신 책의 목차를 스스로 세워야 합니다만. 그것과 관련된 자료와 사례만 준비한다면 소재 걱정 없이 글을 쓸 수 있습니다. 모두 당신 안에서 꺼낸 것들이죠.

많이 쓸수록 글쓰기 실력이 는다는 것은 이미 상식입니다.

책을 쓴다는 것은 적게는 3개월에서 많게는 수년이 걸린다고 여러 번 이야기했는데요. 이 기간에 멈추지 않고 글을 씁니다. 매일 쓰지 않더라도 당신의 머리는 글에 관한 생각으로 가득 차 있죠. 앞으로 써야 할 목차의 주제에 관한 생각, 자료와 사례를 어디서 가져올 것인가. 첫 문장은 어떻게 시작할 것인가 등등. 당신 내면을 탐색하는 시간이자 쓰는 시간이죠. 글쓰기가 늘 수밖에 없습니다.

퇴고 역시 글쓰기의 연속입니다. 퇴고하지 않은 글은 세상에 없다고 해도 과언이 아닙니다. 퇴고를 거치면서 당신은 놀라운 변화를 느낄 텐데요. 당신이 책 쓰기를 시작하고 나서 처음에 썼던 원고들이 무척 형편없다는 것을 자각하게 될 것입니다. 바로 당신의 글쓰기 실력이 훌쩍 성장했음을 판단하는 지점이죠. 글을 보는 안목인데요. 그걸 깨닫는 순간 당신은 뛸 듯이 기뻐해야 합니다. 당신 안에 글쓰기 내공이 생겼다는 것을 증명하는 일이니까요.

책을 쓰고 난 후 또 얻는 것은 당신 자신을 전문가의 반열에 올려놓는 일입니다. 우리는 보통 어떤 분야에 대해 깊이 있게 연구하거나 그 일에 종사하면서 상당한 지식과 경험을 가진 사람을 전문가라고 부르는데요. 당신이 만약 어떤 분야를 많이 알고 10년 이상 그 일에 종사했다면 이미 전문가로 대접받을 자격이 있습니다. 그러나 불특정 다수는 당신이 그 분야에서 실제로 일을 했는지, 남다른 경험과 지식을 가졌는지 객관적으로 판단할 기준이 없어요. 이때 책을 쓰면 됩니다. 책이 바로 전문가 기준이 됩니다. 책을 써야 하는 이유이기도 하지요.

출판시장이 녹록지 않은 상황에서 책을 쓴다고 다 성공을 보장하지는 못합니다. 즉 책이 많은 독자의 선택을 못 받을 수도 있어요. 게다가 책을 쓰는 동안 당신의 일상이 고통스러울 수 있는데요. 직장생활과 병행해야 하는 경우, 당신은 잠을 줄여야 할 것이고 가까운 사람과의 만남도 자제해야 하며 휴일을 반납해야 할 수도 있어요. 스스로 고통에 직면하려는 사람은 세상에 없습니다. 인간은 본래부터 편안하고 안락한 상태를 추구하려는 존재이기 때문이죠. 그럼에도 책을 쓰고 싶어 하는 이유는 바로 글쓰기를 통해 나라는 존재를 확인할 수 있어서입니다.

글쓰기는 나라는 한 존재를 깊이 있게 들여다보는 시간입니다. 거기서 실타래처럼 풀어내는 나만의 이야기들이 어떤 의미 부여를 통해 생명력을 얻게 되고, 다른 이들의 마음에 한 줄기 빛이 되어 깊은 울림을 주기도 합니다. 이는 글 쓰는 사람이 지향하는 목표라고 할 수 있는데요. 당신의 내면 깊숙한 곳에서 끌어올린 당신만의 이야기를 쓰는 일이 바로 책을 쓰는 시간이자 최고의 글쓰기입니다.

PART

03

책 쓰기를 위한 글쓰기

이 정도는 알고 쓰자

01

책 쓰기의 8할은 글쓰기다

필자의 첫 책 《책과 잘 노는 법》이 출간되고 전주 홍지서림에 가봤습니다. 신간 매대에 필자의 책이 떡 하니 놓여있는 것을 보았을 때 부르르 전율을 느꼈습니다. "앗! 내 책이다!" 짧은 탄성을 질렀지요. 책을 쓰기까지의 지난한 과정들이 주마등처럼 스쳤습니다. 그것도 잠시 신간 코너에 보란 듯이 놓여있는 책을 보는 순간 그간의 고생은 연기처럼 사라졌습니다.

책을 쓰면 얻는 것들이 많습니다. 당신의 이름 석 자가 인터넷에 뜨고 당신의 책이 서점의 매대에 놓이게 됩니다, 사람들이 당신의 책을 읽고 당신의 이름을 기억하고요. 각종 단체나

모임에서 당신을 초대하여 이야기를 나누고 싶어 하며, 심지어는 방송국에서도 당신을 모시려고 합니다. 당신은 아주 바쁜 나날을 보내야 할지도 몰라요. 어때요. 책을 쓰고 싶지 않나요? 하지만 글쓰기에 대한 두려움 혹은 부담 때문에 쉽게 책 쓰기를 결정하지 못합니다. 사실 책 쓰기의 8할은 글쓰기라고 해도 과언은 아니에요.

보통 책을 쓸 때 다음과 같은 과정을 거칩니다. 먼저 책의 주제를 정하죠. 주제를 정할 때 중요한 점이 정체성 찾기인데요. 내가 누구인지를 파악하는 것입니다. 과거에 무엇을 했고, 현재는 무슨 일을 하는지, 미래에는 어떤 사람이 되고 싶은지 고민해 보는 시간입니다. 나의 정체성을 알아야 어떤 책을 쓸 수 있는지 주제를 찾을 수 있거든요. 예를 들어 필자는 과거에 대학도서관 사서였고, 현재는 글쓰기 코칭을 하고 있으며, 책 관련 강의도 하고 있죠. 미래에는 읽고 쓰는 사람이 되는 게 소망입니다. 당연히 필자의 정체성은 책, 독서, 글쓰기를 아우릅니다. 따라서 필자의 첫 책은 《책과 잘 노는 법》으로 책과 독서가 주제이고 이번 책은 글쓰기를 주제로 잡았지요. 책을 쓸 때 정체성을 파악한다면 주제는 쉽게 정할 수 있습니다.

두 번째로 책의 제목을 정합니다. 제목은 책 전체를 관통하는 주제입니다. 가능하면 독자가 주제를 짐작할 수 있는 제목이 좋은 제목이죠. 제목을 정하고 나면 책의 콘셉트를 정하고 목차를 구성합니다. 목차는 책을 구성하는 튼튼한 기둥 같아서 세운다고도 하지요.

목차를 완성하고 나면 본격적으로 본문 쓰기에 들어가는데요. 이 부분에서 진짜 책을 쓰는 현실에 맞닥뜨리게 됩니다. '진짜 쓰는구나!' 를 인식하게 되죠. 세워놓은 목차 순서대로 한 꼭지씩 쓰면 되는데요. 이 목차를 하나씩 정복한다는 심정으로 씁니다.

목차는 대략 40개에서 50개입니다. 목차 하나를 완성하는데 적당한 분량은 A4(글자 크기 10포인트, 줄 간격 160%) 한 장 반에서 두 장 이내입니다. 너무 짧으면 읽을거리가 부족하다는 느낌을 받고, 너무 길면 한 호흡으로 읽기 어려워 독자들이 싫어합니다. 특히 넘쳐나는 인터넷 정보를 소화해 내야 하는 요즘 사람들은 점점 긴 글을 피하는 현상이 있죠. 5분 이내의 짧은 유튜브 영상이 증가하는 것도 한 이유인데요. 2년 전 유튜브 기초 교육을 받을 때 교육생 중 20살 청년은 2분도 길다고 하더군요. 영상마저 점점 짧아지는 젊은 취향을 확인할 수 있었습니다.

이렇게 모은 원고가 책 한 권 분량이 되려면 A4 80매에서 100매 정도를 써야 합니다. 실제로 A4 원고와 페이지 비율은 1:3 정도입니다. 그러니까 A4 원고 80매이면 240쪽짜리 책이 되는 겁니다. 전체 페이지 수는 본문 외에 프롤로그와 차례가 추가되므로 그보다는 늘어나죠. 한 출판관계자는 책 원고로 A4 80매가 적당하다고 합니다. 최근 독자들의 성향을 잘 간파한 분량인 것 같습니다. 필자의 첫 책 《책과 잘 노는 법》도 출판사에 원고를 처음 넘길 때 A4 92매였는데 줄여달라고 요청을 해왔는데요. 80매 정도로 줄였습니다. 당신이 만약 책을 쓴다면 원고를 보고 몇 페이지짜리 책이 나올지 한 번 계산해 보세요.

'책 쓰기의 8할은 글쓰기다' 라고 말하는 이유는 책을 쓰겠다고 생각하는 순간부터 들이는 시간과 노력의 차이이기 때문입니다. 제목을 짓고 콘셉트를 잡고 목차를 정하기까지 한 달이 걸렸다면 책 내용을 차지하는 원고 집필 시간은 최소 3개월에서 수년이 걸립니다. 필자는 2년이 걸렸고요. 나중에 책 쓰는 과정을 돌이켜보니 제목과 목차에 쏟은 시간보다 원고를 쓰면서 고군분투했던 시간이 오롯이 기억에 남더군요. 기억은 어떤 상황에 접한 시간과 강도에 비례하는 것이 확실합니다.

한 권의 책을 써내기 위해서는 자신의 정체성을 고민하고, 심혈을 기울여 책 제목을 짓고, 머리를 싸매가며 목차를 정하기까지의 과정이 필요한데요. 이 과정이 없이는 책 내용을 차지하는 본문을 쓸 수 없습니다. 기초공사와 기둥을 세우지 않고 집을 지을 수 없는 것과 같죠.

책을 쓰는 일이 만만치 않습니다. 그럼에도 당신이 책을 쓴다면 당신 인생에서 가장 가치 있는 점 하나를 찍는 일입니다. 책 쓰기에서 글쓰기가 비록 8할이 된다고 해도 당신이 도전할 이유는 충분합니다.

02

책을 써내는 동력은 절실함이다

필자는 30년 넘게 일했던 직장에서 퇴직을 몇 년 앞두고 고민이 많았습니다. 아침에 출근해서 오후에 퇴근하는 일상을 평생토록 해오다가 갑자기 은퇴하면 이후 내 삶이 어떻게 흘러갈까 상상이 잘 안되었죠. 뭔가를 하겠지 막연하게 짐작만 할 뿐이었습니다. 그러다가 리더스클럽이라는 독서 모임에서 책을 읽으며 깨달았어요. '책을 써야겠구나. 그것도 퇴직 전에 써야겠구나!' 생각이 깊어졌습니다. 이왕이면 책에 관한 책을 쓰고 싶었습니다. 사서로서 평생 책과 함께했고 책이라면 누구보다 잘 안다고 자신할 수 있었기 때문이지요. 책을 쓸 자격은 있지만 문제는 의지였습니다.

2015년쯤부터 책을 쓰기 시작했습니다. 진행은 지지부진했습니다. 책이 쉽게 써지지 않자 온몸이 책 쓰기를 거부하기 시작했고 결국 1년 정도 '책 쓰기 우선멈춤' 상태가 되었죠. 도중에 어떤 강력한 동기부여를 받고 다시 책을 쓰기 시작했는데 바로 눈앞에 다가온 퇴직도 또 다른 이유였어요. 직장생활 35년을 의미 있게 해주는 결정적인 한 방이 뭘까? 바로 책이었습니다. 퇴직 전에 꼭 써내야겠다는 출간 시점에 대한 절실함이 우선멈춤 상태의 책 쓰기를 다시 시작하는 동력이 되었습니다. 책은 은퇴 이후의 삶에 새로운 삶을 열어줄 것이라는 확신이 있었으니까요.

《세상을 바꾸는 힘, 절실함》의 저자 장중호는 "성공의 99%는 절실함이다!"라고 말합니다. 절실함으로 무장하면 일상은 달라지고 내가 꿈꾸는 세상으로 한 발짝 다가서게 된다는 것입니다. 책 쓰기도 마찬가지로 확실한 동기가 있어야 끝까지 써낼 수 있는 동력이 지속됩니다. 그 동력은 바로 절실함인데요. 책 한 권 써서 인생이 바뀔까? 의심하는 사람에게는 절실함이 없습니다. 책 그거 쓰면 좋지만 안 쓰면 또 어때? 라고 생각하는 사람은 절대 책을 쓰지 못합니다. 책을 쓰겠다고 시도했다가도 반드시 써야 하는 이유 즉 절실함을 찾지 못하면 안타깝게 도중하차의 덫에 걸리고 말아요.

절실함은 책을 쓰는 동안 생활의 많은 부분을 바꿔놓습니다. 책 쓰기가 일상의 가장 우선순위가 되고요. 약속은 가능한 잡지 않고 꼭 필요한 집안 행사 외에는 외출이나 쇼핑도 자제하죠. 당신이 만약 여성이라면 집안일을 가족과 나눠 보세요. 당신이 책을 써야 하는 이유가 충분하다면 이해 못 할 가족은 없을 것입니다. 《헌혈은 사랑이다》를 쓴 이은정 저자는 아들에게 도움을 요청했다고 합니다. 아들이 스스로 할 수 있는 이불 정리, 빨래 개기 등을 해주면 좋겠다는 쪽지를 건넸더니 흔쾌히 들어주었다고 해요. 필자도 가사의 많은 부분을 가족의 도움을 받았습니다. 책을 쓰는 동안 매일 3시간 이상 책상에 앉아 있는 습관도 들여야 합니다. 당신이 만약 직장인이라면 하루 종일 사무실에 앉아 있다가 집에 와서도 3시간 이상 의자에 앉아 있는 것은 거의 극한의 인내심을 발휘해야 할 것입니다. 그럼에도 이런 고행을 자발적으로 수행할 수 있다면 바로 책을 쓰고자 하는 절실함이 있기 때문입니다.

책을 쓰면 얻는 것들이 많다고 말했습니다. 책을 쓸 때는 생각지도 않았던 일들이 당신 앞에 닥치게 되죠. 필자의 첫 책 쓰기 코치는 "책을 쓰고 나면 세상이 뒤집어진다."라는 말을 자주 했습니다. 세상이 뒤집어진다는 다소 자극적인 표현에 실소를 머금곤 했는데요. 실제로 책을 쓰고 난 후 유명해져서 지금까지와는 다른 삶을 사는 사람들을 각종 매체를 통해 접하기도 합니다. 아침에 일어나보니 스타가 되어 있는 것. 이것이 바로 세상이 뒤집어지는 것 아닐까요? 그런데 이런 일이 맥없이 일어나지는 않습니다. 감나무 밑에 앉아만 있어서는 아무 일도 일어나지 않죠. 감이 우수수 떨어질 수 있는 어떤 계기가 있어야 해요. 바로 책을 쓰는 일입니다. 앞에서 여러 번 말했듯이 책은 그냥 써지지 않습니다. 책을 쓰고자 하는 확실한 동기가 있어야 합니다.

당신이 만약 책을 쓰고자 하는 의지가 절실함으로 무장되어 있다면 책을 써낼 성공 확률은 100%입니다. 책을 써낼 뿐만 아니라 이후 당신의 일상도 달라지고 당신이 꿈꾸는 세상과 직면하게 될 것입니다. 책 쓰기 코칭을 받는 한 분은 책을 써야 하는 절실함이 있는데요, 바로 수능시험을 치를 손자에게 책을 출간해서 보여주는 것이라고 합니다. “나이 든 나도 이렇게 어려운 책을 썼다. 그러니 너도 나를 보고 열심히 공부해서 목표하는 대학에 합격하길 바란다.”라는 본보기로 열심히 초고를 썼는데요. 그분의 책이 필자의 이 책보다 먼저 세상에 나오게 되었습니다. 벌써 출판사와 출간계약이 이루어졌거든요. 절실함이 초고를 쓰게 하고 출간계약까지 거침없이 진행된 아주 좋은 사례입니다.

당신이 책을 써야만 하는 절실함은 무엇인가요?

03

잘 아는 분야를 쓴다

책을 쓸 때 먼저 고려해야 하는 일이 바로 쓰고 싶은 주제를 정하는 일입니다. 일반적으로 첫 책을 쓸 때는 가장 자신 있는 분야를 써야 실패할 확률이 적은데요. 책 한 권을 하나의 주제로 일관되게 채우려면 주제에 대해 그만큼 할 말이 많아야 가능하기 때문입니다. 할 말이 많다는 것은 해당 분야에 관해 지식과 경험이 많다는 말이기도 합니다. 하물며 첫 책의 경우 주제 잡기도, 콘셉트 정하기도, 목차 세우기도 다 처음이고 240쪽 이상 원고를 써야 합니다. 하여 잘 아는 분야를 선택하는 것이 책 쓰기에 성공할 수 있는 지름길입니다.

주변에 책을 쓴 사람이 여럿 있습니다. 모두 자신들이 평생

해온 일, 현재 종사하는 직업, 가장 잘하는 일과 관련해서 책을 썼는데요. 강평석 전 완주군청 국장은 공무원으로서 열정을 바쳐 일했던 경험과 성과를 《나는야 뽀빠이 공무원》에 담았고, 황인철 전 전북은행 지점장은 금융인답게 '5가지 YES'로 인생 2막을 설계하라는 조언을 《은퇴의 기술》에 풀어냈으며, 문정현 아리울역사문화 이사장은 군산의 역사와 문화를 여행과 접목해서 《바랑별의 군산 이야기》를 썼습니다. 필자 역시 대학도서관에서 30년 이상 근무한 경험과 독서 활동을 버무려서 《책과 잘 노는 법》을 썼고요.

책 제목을 보면 모두 직업과 관련 있는 것을 알 수 있을 텐데요. 현 직장에서 혹은 현재 하는 일에서 주제를 정했습니다. 평생 한 가지 일을 해왔기 때문에 그 분야에서만큼은 누구보다 많은 정보와 깊은 지식과 높은 성과를 지니고 있어서 더 쉽게 책을 쓸 수 있었죠. 그들은 모두 자신들의 분야에서 최소 10년 이상 일해 온 베테랑이자 전문가들입니다.

하지만 만약 당신이 현재 하는 일의 경력이 짧다고 해서 전문가가 아니라고 실망할 필요 없습니다. 책은 이미 전문가여서 쓸 수도 있고, 전문가가 되기 위해 쓰기도 합니다. 책을 쓰면 자연스럽게 전문가임을 인정받게 됩니다. 문단에서 신춘문예나 당선을 통하지 않아도 장르문학 책을 한 권 내면 등단으로 인정하는 것과 같습니다.

예를 들면 당신만의 특별한 경험을 책으로 쓸 수 있는데요. 당신이 취업은 잠시 뒤로 미루고 오지 여행을 훌쩍 떠났다고 칩시다. 당신은 거기서 더 큰 세상의 이치를 깨달았고, 그 경험이 세상을 살아가는데 커다란 이정표가 되어 이후 전혀 다른 삶을 살게 되었다면, 그리고 그 삶이 너무 행복하다면 당신은 그 특별한 경험과 깨우침을 책으로 쓸 수 있습니다. 생각보다 많은 사람이 당신의 이야기에 귀를 기울일 것입니다. 삶은 혼자만 알고 있기에는 아까운 '비밀의 화원' 같은 광경들이 많기 때문인데요. 비밀의 화원이 오랫동안 숨겨져 있다가 모습을 드러냈을 때 거기 들어오는 사람들에게 벅찬 희망을 안겨줬듯이, 당신의 이야기는 인생의 전환점이 필요한 사람들에게 한 줄기 빛이 되어줄지도 모릅니다. 작가 은유는 이를 "나와 닮은 영혼에 말 걸고 위로를 건네는 일"[10]이라고 했습니다.

여행 이야기는 이미 서점에 가면 선택 장애를 일으킬 만큼 많이 깔려 있습니다. 하지만 당신의 여행을 당신만의 언어와 시선과 사유로 풀어내면 독자는 당신의 이야기를 집어 들 겁니다. 독자의 선택을 받는 순간 당신은 의도했건 의도하지 않았건, 여행전문가로 인정받습니다. 바로 책을 써야 일어나는 일입니다.

전문가는 단지 오랜 시간 몸담았다고 해서 되는 것은 아닙니다. 짧은 시간이라도 그 일에 전념하면서 삶의 지향으로 삼을 만한 깨우침을 얻어야 합니다. 그걸 풀어내 다른 사람에게 알려주는 일, 그게 바로 책입니다. 위에 든 예처럼 오지 여행에서 깨우친 인생의 이치와 삶의 이정표가 된 순간들을 책으로 쓴다면 당신은 비로소 전문가가 되는 것과 같습니다.

정리해 볼게요. 한 권의 책을 쓴다는 것은 어떤 분야에서 전문적인 지식과 경험을 담아내는 일입니다. 오랫동안 그 분야에 종사해 옴으로써 이미 자신 안에 내재한 지식과 경험을 자연스럽게 쓰기도 하고, 짧은 기간이라도 온 에너지를 그 일에 집중하고 몰입하여 얻은 특별한 지혜와 사유를 도출해서 쓰기도 합니다. 여기서 알 수 있는 책 쓰기 해법은 둘 다 잘 안다는 것입니다. 당신이 잘 아는 분야는 무엇입니까?

04

콘셉트는 책을 써내는 지표다

책을 쓸 때 주제를 정하면서 함께 결정해야 할 중요한 일이 또 있는데요. 바로 콘셉트입니다. '책의 성패는 콘셉트에 달렸다' 라고 할 정도로 민감한 부분이죠. 콘셉트가 정확히 무엇일까요?

책 쓰기에서의 콘셉트는 주제를 정하고 제목을 짓는 과정에서 산출되는 책의 목표점이자 정체성입니다. 책의 제목과 부제를 통해 드러나는 책의 중심 줄기이자 핵심이죠. 만약 당신의 책을 단 한 줄로 요약해 보라고 했을 때, 혹은 10초 안에 당신의 책을 설명한다고 할 때 바로 말할 수 있는 문장입니다. 가령 이 책의 콘셉트를 정리해 보면 다음과 같아요.

제목 : 책 쓰기를 위한 글쓰기

부제 : 책을 쓰고 싶지만, 글쓰기가 두려운 당신에게

콘셉트 : 책을 쓰고 싶지만, 글쓰기가 자신 없는 사람들에게 두려움 없이 책을 쓸 수 있게 하는 책 쓰기를 위한 글쓰기 안내서

콘셉트 문장을 살펴보면 제목과 부제가 다 들어가 있는 것을 알 수 있습니다. 책이 출간되었을 때 책의 홍보 문구 역시 콘셉트에서 뽑아낼 수 있는데요. 심지어 목차도 콘셉트에서 확장하여 정할 수 있습니다.

독자가 책을 구매하는 과정이 바로 책의 제목과 부제, 목차 같은 책의 핵심입니다. 출판사에서도 콘셉트를 성공출판의 중요한 기준으로 삼는데요. 책이 잘 팔린다면 바로 콘셉트가 좋다는 의미입니다.

콘셉트를 결정하는 것은 나는 누구이며 어떤 주제로 글을 쓸 것인지를 정하는 과정입니다. 만약 당신이 50대 은퇴를 앞둔 직장인이라고 할게요. 평소 여행을 좋아하고 사진 찍기가 취미여서 여행지마다 아름다운 사진을 열심히 찍어 페이스북에 공

유합니다. 당신의 수많은 팔로워가 사진에 공감하고 좋아하는 것을 보니 당신은 이미 페이스북 스타입니다. 당신은 어떤 책을 쓰는 게 좋을까요? 직장생활에 바쁘고 지친 사람의 마음을 어루만지고 힐링을 주는 여행 사진 에세이를 생각할 수 있겠죠. 아니면 여행 사진 촬영 기법과 함께 인생 사진을 남길 수 있거나 사진 찍기 좋은 명소 안내 같은 책을 기획할 수도 있겠죠. 그렇다면 이런 주제로 이미 출간된 책들과 어떻게 다르게 쓸까? 이런 고민에서 도출된 방향이 바로 콘셉트입니다.

콘셉트는 책을 써나가야 하는 하나의 방향입니다. 무슨 일이든 방향성이 있어야 목적지에 수월하게 다다르게 되죠. 쉬운 예로 필자가 산에 가고자 한다면 어떤 산에 갈 것인지 먼저 정해야 하는 것과 같아요. 가볍게 동네 뒷산에 갈 것인지, 그래도 운동 삼아 두 시간 정도 오를 수 있는 산에 갈 것인지, 이왕이면 적어도 5시간 이상은 걸리는 산을 선택할 것인지를 미리 정해야 어떤 산으로 갈지 결정하기가 쉽습니다. 필자가 사는 집을 기준으로 동네 뒷산이라면 화산, 두 시간 정도의 산행이라면 모악산, 왕복 5시간 이상 걸리는 산을 선택한다면 지리산. 이렇게 쉽게 결정할 수 있겠죠.

책도 마찬가지로 방향이 정해지면 글을 쉽게 쓸 수 있습니다. 제목을 통해 주제가 확실하니 목차를 중심으로 자료 찾기가 수월하고, 자료에서 핵심 메시지를 뽑아내 내 글에 새로운 옷을 입힐 수 있기 때문인데요. 유길문, 이은정, 오경미의 《된다 된다 책 쓰기가 된다》에서는 콘셉트를 "필자가 전하려는 메시지를 사례 및 자료와 함께 버무려 구슬을 꿰듯 하나로 묶는 역할을 한다."[11]라고 했습니다. 즉 제목과 부제, 목차와 본문이 죽 연결되는 글을 쓰는 것이죠. 일단 콘셉트가 확실해지면 글을 쓰기가 쉬워집니다. 그 이유를 보면 다음과 같습니다.

첫째, 주제가 확실하므로 자료 찾기가 수월하다.

키워드가 뚜렷하므로 자료 찾는 시간을 줄일 수 있는데요. 자료만 빠르게 찾아놓아도 책 쓰는 자신감이 커집니다.

둘째, 글이 한 방향을 향하므로 쓰다가 산으로 가지 않는다.

주제가 확실하기 때문인데요. 목표점이 눈앞에 보이는 것과 같습니다. 방향이 틀어질 리 없죠.

셋째, 타깃 독자가 분명하므로 할 말이 많다.

같은 목표를 향하고 있는 사람이므로 저자의 경험을 귀담아 들을 것입니다. 주목하는 사람에게는 한 마디라도 더해주고 싶은 게 인지상정이지요.

넷째, 글이 창의적이다.

콘셉트가 이전에 없던 주제와 관점이라면 책은 새로운 내용이 아닐까요? 당연히 창의적일 수밖에요.

결국 책의 콘셉트는 책을 성공적으로 써낼 수 있게 하는 지표입니다.

05

자기 계발서인가 에세이인가 자서전인가

당신이 쓸 첫 책의 주제가 정해졌으면 이제 글의 장르를 결정해야 합니다. 당신이 쓰고자 하는 주제와 콘셉트에 따라 에세이가 되기도 하고 자기 계발서가 되기도 하며 회고록이 되기도 합니다. 장르에 따라 글을 써 내려가는 방식이 달라지므로 본격적인 집필을 시작하기 전에 일단 쓰고 싶은 장르를 먼저 고민한 다음 집필을 시작해야 합니다.

이 책에서 언급하는 글쓰기는 소설이나 시를 창작하는 문학이 아닙니다. 당신 삶의 궤적을 통해 얻은 인생의 통찰과 삶의 지혜, 오랫동안 종사해 온 일을 통해 축적된 특정 분야의 지식을 사람들과 나누기 위해 쓰는 실용서입니다. 실용서는 “문학이나 전문적인 내용을 담은 것이 아니라 현실 생활에 직접적인 도움이 되는 내용을 담은 책"[12]으로 가장 대표적인 재테크 등의 경제경영서, 자녀교육서, 독서나 글쓰기 등의 인문서 등 다양한 장르의 주제가 있는데요. 이러한 주제를 어떤 형식으로 쓰는가에 따라 자기 계발서, 에세이, 자서전으로 구분할 수 있어요. 여기서는 이 세 가지 형식을 중심으로 설명해 보겠습니다.

자기 계발서

자기 계발서는 첫 책을 쓰는 저자들이 퍼스널 브랜딩을 위해 가장 많이 선호하는 책 쓰기 형태입니다. 항간에는 자기 개발서와 자기 계발서를 섞어서 사용하기도 하는데요. 둘의 정확한 의미를 짚어볼게요. 네이버 국어사전에 의하면 '자기 개발'은 "본인의 기술이나 능력을 발전시키는 일"이라는 뜻이고, '자기 계발'은 '잠재하는 자기의 슬기나 재능, 사상 따위를 일깨워 줌'이라는 뜻입니다. 즉 자기 개발은 자기 계발을 포함하는 더 넓은 개념이라는 것을 알 수 있어요.

위키백과에서는 '자기 개발서'를 표제어로 선택했습니다. 하지만 출판계나 온라인 서점의 주제 분류에서는 '자기 계발서'로 통용하고 있어요. 이런 류의 책을 좀 더 세부적으로 나누면 성공, 리더십, 인간관계, 행복론, 힐링, 시간 관리, 정리, 심플라이프, 설득, 화술, 진로, 창의력, 두뇌 개발 등등 우리가 살고 있는 생활과 밀접한 키워드로 나뉘고 있어요. 당신의 책 주제가 이 가운데 속한다면 자기 계발서의 형식으로 쓰는 것이 좋겠죠.

자기 계발서는 대한민국에서 가장 인기 있는 책 출판 형태입니다. 정치, 경제, 인생, 학문 등 어떤 장르에서나 다 볼 수 있는 형식인데요. 우선 가장 대표적인 제목 패턴이 있어요. 가령 《여성 50대를 위한 100세 시대 인간관계》처럼 특정 누군가를 위한 방법론 같은 제목입니다. '이렇게 하면 당신은 잘될 것이다'라는 의미를 내포하고 있지요. 하지만 최근에는 《역행자》처럼 키워드만으로도 자기 계발서의 제목을 달고 출간되는 책들이 있습니다. 필자의 첫 책 《책과 잘 노는 법》도 일종의 자기 계발서라고 볼 수 있어요. 만약 당신이 일과 삶을 통해서 이루었거나 이루고 싶은 것이 있다면 자기 계발서 형태로 쓰는 것을 권합니다.

에세이

에세이라고 하면 일반적으로 문학 장르에서의 수필을 뜻합니다. 수필의 종류를 문학 에세이와 미셀러니로 나누기도 하는데요. 문학 에세이는 지적 · 객관적 · 논리적 성격이 강한 반면, 미셀러니는 감성적 · 주관적 · 개인적 특성을 지니고 있습니다. 따라서 여기서 말하는 에세이는 미셀러니를 뜻하지만, 통상적으로 칭하는 에세이라고 부를게요. 소설가 등 작가들의 에세이를 산문이라 부르는 것도 일반인들의 에세이와 구분하기 위함입니다. 가령 성석제의 《근데 사실 조금은 굉장하고 영원할 이야기》는 에세이 형태의 글인데요. '성석제 산문집' 이라는 부제를 달았습니다. 만약 성석제가 작가가 아니라면 '성석제 에세이' 라고 했겠죠.

일반인들이 주로 쓰는 에세이 종류에는 대표적으로 사진 에세이, 그림 에세이, 심리 에세이, 여행 에세이, 음식 에세이, 독서 에세이, 사랑 혹은 연애 에세이, 자연 에세이, 노년을 위한 에세이, 명언록, 일기나 편지, 작은 이야기 모음 등이 있습니다.

삶의 모든 분야에서 자신의 주관적인 감성을 모은 글이 우리가 흔히 말하는 에세이에 해당한다고 할 수 있어요.

지금 필자가 소속된 시너지 책 쓰기 코칭센터에서 책을 쓰고 있는 한 분은 베란다에서 식물 키우는 재미에 흠뻑 빠져있는데요. 앞장에서 소개했듯이 식물이 자라는 모습을 관찰하면서 식물과 교감하는 정서적 행복감을 책으로 쓰는 중입니다. 이분의 책은 바로 '식물 에세이' 가 됩니다. 에세이는 말 그대로 형식에 구애받지 않고 자신의 마음이 느끼는 감성과 생각을 쓰면 돼요. 바로 여기에 주의할 점이 있는데요. 에세이가 지극히 개인적이고 주관적인 이야기입니다만, 책으로 쓸 때는 시선을 자신에게 두지 말고 독자를 향해야 합니다. 자칫 일기가 될 수 있기 때문이에요. 그러니까 에세이는 주관적인 이야기를 객관화된 시선으로 풀어내야 합니다. 그래야 독자의 공감을 끌어낼 수 있어요.

자서전

자서전은 자신의 인생을 돌이켜 보면서 쓰는 전기문의 한 종류입니다. 비슷한 장르로 회고록이 있는데요. 자서전이 자신의 생애 전반에 관해 쓴 글이라면, 회고록은 자신의 생애 중 특정 한 시기나 특별한 활동이나 업적 등을 회상하면서 쓴 글이에요. 둘 다 자신이 직접 자기에 대해서 서술하는 글이라는 점에서는 같다고 할 수 있습니다. 회고록은 보통 한때 권력을 가졌던 정치인 혹은 사회적으로 명성을 누렸던 명사들이 지난 일을 돌이켜 생각하면서 쓴 글이 많습니다. 예를 들어 전직 대통령 노무현의 《성공과 좌절》, 미국 대통령이었던 버락 오바마의 《약속의 땅》, 신한은행 창업주 이희건의 《여러분 덕택입니다》 등이 있습니다.

자서전은 일반인들 사이에서도 많이 쓰는 글입니다. 평생교육원이나 글쓰기 교실에서 자서전 쓰기 반에 사람들이 몰렸는데요. 자서전은 인생의 후반기쯤에 자신의 생애를 되돌아보면서 쓰는 글이죠. 은퇴자들이 인생 2막이라는 새로운 삶을 시작하며 글쓰기의 일환으로 많이 참여합니다. 글쓰기의 가장 좋은 재료는 자기 안에 있는 삶의 흔적에서 뽑아내는 사건들이므로 지나간 삶을 되돌아보며 내가 누구인가를 확인하기 좋은 글쓰기 프로그램이라고 할 수 있어요.

만약 당신 삶을 통틀어서 회상해 보고 남은 생을 위해 반추

하고 싶은 부분을 찾아보고 싶다면 자서전을 쓰면 됩니다. 하지만 책으로 쓰는 글은 독자가 읽고 마음에 남는 무언가가 있어야 합니다. 당신의 인생이 독자에게 무엇을 주게 될 것인가 천천히 생각해 보세요. 당신의 삶 자체만으로도 독자에게 큰 감동과 깨달음을 줄 것 같으면 자서전 형식으로 쓰고, 당신이 살아오면서 깨달은 삶의 이치나 노하우를 독자들에게 전달하고자 한다면 자기 계발서 형태로 써야 할 것입니다.

당신은 지금 삶에서 첫 책을 쓰려고 합니다. 책의 주제는 하나이지만 글을 풀어나가는 방식은 다를 수 있습니다. 여행을 예로 들어볼게요. 당신이 수많은 여행을 통해 깨달은 삶의 철학과 노하우를 전달하고자 한다면 자기 계발서를, 여행 중에 보고 느낀 낯설고 이국적인 아름다움을 감성적인 언어로 풀어내고자 한다면 여행 에세이를, 당신의 여행 인생을 처음부터 되돌아보면서 정리하고자 한다면 자서전을 선택해야겠죠. 물론 선택은 당신이 합니다.

06

필사는 책 쓰기의 마중물이다

2년 전 북 큐레이션이 잘 된 서점을 찾아 경기도 수지에 있는 '아크앤북 수지점'을 찾았습니다. 과연 서점은 큐레이션 서점의 명성에 걸맞게 테마별로 책을 전시하고 있었어요. 서점을 둘러보다 문학 코너에서 《윤동주의 필사 노트》가 필기도구와 함께 큐레이션 되어 있는 모습을 보았습니다. 직접 필사가 가능하도록 제작된 책이었어요.

필사는 작가 지망생뿐만 아니라 글을 쓰고 싶은 일반인도 습작 단계에서 통과의례처럼 하는 일입니다. 책 쓰기를 하려는 사람들에게도 필사는 필수 코스죠. 주제와 제목을 정하고 나면 경쟁 도서를 찾아 분석하는 과정을 거치는데요. 쓰고자 하는 주제와 가장 적합한 경쟁도서 또는 모델링하고 싶은 책 한 권을 정해서 필사하기를 권합니다. 이때의 필사는 글쓰기 역량을 퍼 올리기 위한 마중물 같은 역할을 해요. 필사를 통해서 쓰고자 하는 장르의 글 감각을 익히기 위한 글쓰기 예행연습인 셈이죠.

필사는 좋은 글을 베껴 쓰는 일입니다. 보통 훌륭한 문학작품을 필사하면서 그 작가의 어휘와 문장과 문체를 손끝으로 습득하는 일이죠. 김승옥의 '무진기행'은 작가 지망생이 가장 많이 필사한다고 알려진 단편소설이라고 합니다. 시인 안도현은 《가슴으로 쓰고 손끝으로도 써라》에서 "나는 그야말로 필사적으로 필사했다. 그런 필사의 시간이 없었다면 내게 백석은 그저 하고 많은 시인 중의 하나로 남았을 것이다. 그가 내게 왔을 때 나는 그를 필사하면서 붙잡았다."[13]라고 말했습니다. 소설가 신경숙도 《아름다운 그늘》에서 "그냥 눈으로 읽을 때와 노트에 한 자 한 자 옮겨 적어볼 때와 그 소설들의 느낌은 달랐다. 소설 밑바닥으로 흐르고 있는 양감을 훨씬 세밀하게 느낄 수가 있었다."[14]라고 필사에 대한 효과를 언급했습니다.

필사의 대상은 다양합니다. 문학작품뿐만 아니라 신문 칼럼, 힘을 주는 글, 사색이 풍부한 글 등을 필사하면서 글쓰기 자신감을 얻기도 하는데요. 다만 책 쓰기를 위해서는 당신이 쓰고 싶은 장르에 맞는 책을 찾아 필사하면 더 효율적입니다.

필사는 글쓰기의 가장 기초적인 단계이자 지름길이라고 할 수 있어요. 글쓰기의 왕도는 없습니다. 많이 써보는 수밖에 없어요. 글은 예술이지만 글쓰기는 스킬입니다. 기술을 배울 때 몸으로 배우고 나서 기억하듯, 필사는 글 쓰는 법을 손끝으로 배워서 기억합니다.

필사의 원칙

필사에도 원칙이 있습니다. 아무런 생각 없이 컴퓨터나 노트북에 옮기는 행위는 타자 연습일 뿐이며 노트에 베끼는 것은 글씨 연습일 뿐이에요. 다음은 책 쓰기의 마중물로써 필사의 원칙입니다.

첫째, 쓰고자 하는 장르의 책 중에서 가장 마음에 드는 책을 선택한다.

자기 계발서를 쓴다면 당신이 쓰고자 하는 책과 같은 주제 분야의 책을 골라야 합니다. 자기 계발서나 에세이류의 글쓰기 방식이 다르므로 글을 풀어내는 방식을 익힐 수 있습니다.

둘째, 분석하면서 정확하게 필사한다.

한 꼭지의 분량과 한 문단의 길이는 어느 정도인지, 인용문 처리는 어떻게 했는지, 사례에 대한 내 생각 등을 어떻게 전개했는지 꼼꼼하게 살피면서 필사합니다.

셋째, 어떻게 다르게 할 것인지 고민한다.

필사는 글의 패턴을 익히는 과정입니다. 글을 그대로 모방하면 표절이기 때문에 어떻게 나의 언어로 재탄생시킬 것인지 고민하면서 필사해 보세요. 필사는 타인의 언어를 자신의 언어로 만들어가는 과정입니다.

넷째, 내 글로 써본다.

필사하면서 마음에 들거나 영감이 오는 문장이 있으면 내 글로 써봅니다. 미국의 천재 소설가 스티븐 킹은 소설 창작에 앞서 모방부터 했다고 해요. 그의 책 《유혹하는 글쓰기》에 의하면 6살이던 초등학교 1학년 때 몸이 아파 학교를 쉬면서 6톤쯤 되는 만화책을 읽었는데요. 만화책을 베끼면서 적당한 곳에 자기 설명을 덧붙여 모방 소설을 썼다고 합니다. 단순히 따라 쓰지만 말고 내 글로 바꿔 써볼 때 필사의 효과를 누릴 수 있어요.

다섯째, 적당한 양의 꾸준함과 방향이 중요하다.

필사는 많은 양을 쓰는 것이 목적이 아닙니다. 얼마나 빨리 베끼는가도 중요하지 않아요. 필사는 필기가 아니에요. 하루 한 페이지라도 꾸준하게 책 쓰기에 도움이 될 수 있도록 필사하는 것이 중요합니다.

여섯째, 글을 음미하면서 필사한다.

필사할 글을 옮겨 적기 전에 먼저 읽어봅니다. 적어도 세 번에서 다섯 번 정도 읽어보면 글에서 어떤 느낌이 올 거예요. 그런 다음에 필사합니다. 필사하면서 글의 흐름을 익히고, 글의 구조를 외울 수 있으면 더 좋아요. 문단의 연결, 문장과 문장의 이음은 어떻게 했는지도 살핍니다. 문장 안에서 쓰인 단어들을 음미해보고 가능하면 타자보다는 펜으로 필사하기를 권유합니다.

필사는 손으로 쓰면서 글의 서술방식과 표현 기법을 몸에 각인시키는 일이자 그 글을 쓴 작가를 닮아가는 과정입니다. 그런 과정을 거치면서 당신만의 문체가 만들어지게 되죠. 자, 필사는 필히 해야 하지 않을까요?

07

책 쓰기의 자신감은 자료에 비례한다

책을 쓰는 일은 책 한 권의 분량인 A4 용지 80장에서 100여 장을 글로 채우는 일입니다. 아무리 쉬운 주제라고 해도 쉽지 않은 작업입니다. 책 쓰기에 자신이 없다는 말은 책 한 권 분량을 채울 자신이 없다는 말과도 같아요. 일반 글쓰기로 A4 한 장 채우기도 버거울 때가 있는데 100장을 쓴다는 것은 그만큼 할 말이 많아야 합니다. 과연 머릿속에 있는 생각만으로 책 한 권 분량의 원고를 채울 수 있을까요? 소설처럼 상상력이 주가 되는 문학작품이라고 해도 소설의 배경이 될 시공간의 단서와 서사의 단초가 되는 어떤 사건이 있을 때 가능합니다. 하물며 실용서를 채우려면 더더욱 저자의 주장을 뒷받침해 줄 자료가 있어야 합니다.

이 책에서 말하는 책 쓰기는 서문에서 밝혔듯이 비문학 실용서입니다. 하여 실용서를 쓰기 위해서는 자료가 얼마나 충분한가에 따라 책을 써낼 가능성이 높아요. 가령 당신이 어떤 주장을 해놓고 그에 대한 근거가 빈약하거나 아예 없다면 그 주장은 힘을 잃게 됩니다. 이때 자료는 당신의 말에 근거가 되고 독자에게는 신뢰와 권위를 실어주죠. 가령 유명인의 말을 당신 주장에 대한 근거로 사용한다면 '아, ○○○도 그렇게 말했구나!' 라고 고개를 끄덕입니다.

자료가 많으면 많을수록 당신의 생각에 살을 붙이기 쉬워서 당신의 글은 날개를 다는데요. 이는 글쓰기에 자신감이 생기고, 한 꼭지 분량을 거뜬히 쓸 수 있다는 말이기도 합니다. 글쓰기 전문가인 강원국도 글쓰기의 자신감은 "자료 열심히 찾고 시간을 들이면 된다."[15]라고 말했습니다. 한 권의 책을 써낼 수 있는 자신감은 결국 자료입니다.

책 쓰기에 사용할 자료는 여러 가지가 있는데요. 참고도서, 당신이 직접 경험한 사례, 타인의 사례, 인터넷과 동영상 자료, 영화, 신문 · 잡지, 인터뷰, 강연 등 주변에서 보고 듣고 심지어

맛보는 것까지 다 책에 쓸 자료입니다. 자료는 무궁무진합니다. 다만 그 자료를 써먹을 수 있는지 아닌지 알아차릴 수 있어야 합니다. 주변에 산재한 어떤 자료든 당신의 주장에 연결해서 의미 부여를 할 수 있다면 그것이 바로 당신이 찾는 자료입니다.

다음은 당신의 책을 탄탄하게 받쳐줄 자료와 이를 수집하고 활용하는 방법입니다.

참고도서

당신 책의 주제와 내용을 빛나게 해줄 가장 확실한 자료는 참고도서입니다. 유명 저자들 역시 참고도서를 가장 많이 활용하여 책을 씁니다. 책은 당신이 직접 경험하지 않고도 당신의 주장을 받쳐줄 튼튼한 이론과 사례를 찾을 수 있는 텃밭입니다.

참고도서는 핵심 경쟁도서와 주제 관련 도서로 나뉠 수 있습니다. 핵심 경쟁도서는 책 쓰기 단계에서 정한 당신의 주제와 콘셉트에 가장 적합하다고 판단하는 3권의 책입니다. 주제 관련 도서는 당신 책과 비슷한 주제 분류의 책으로 30권 정도의 책입니다. 물론 주제 범위에 따라 핵심 경쟁도서와 주제 관련 도서는 더 많을 수 있습니다.

핵심 경쟁도서는 한 번만 읽지 말고 여러 번 꼼꼼하게 정독합니다. 반복해서 읽으며 생각을 정리하고 쓰고자 하는 책의 전체적인 윤곽을 잡아봅니다. 책의 콘셉트에 관한 아이디어가 은연중에 떠오를 수 있습니다.

주제 관련 도서는 당신 책의 주제와 관련된 부분을 중심으로 읽어봅니다. 이 부분은 목차를 확인하면서 읽으면 시간을 절약할 수 있어요. 읽으면서 중요한 문장이나 문단이 눈에 띄면 바로 발췌하거나 메모합니다. 메모하면서 당신의 생각을 추가하거나 아예 당신의 언어로 바꿔놓으면 좋은데요. 이런 방법은 의도하지 않아도 전혀 의외의 순간에 발견되기도 합니다. 스티븐 킹의 《유혹하는 글쓰기》를 읽는 중에 마침 이 책의 주제와 관련된 내용이 눈에 번쩍 들어오더군요. 바로 해당 목차에 들어가서 내용을 추가하니 글이 훨씬 풍성해졌습니다.

경험과 사례와 일화

경험은 당신이 실제로 해보거나 겪어보고 얻은 지식이나 깨달음이고, 사례는 어떤 일이 실제로 일어난 예를 말합니다. 즉 사례는 내 사례와 다른 사람의 사례가 포함됩니다. 일화는 세상에 널리 알려지지 아니한 흥미 있는 이야기이죠. 따라서 책의 주제와 관련하여 당신이 직접 겪어서 얻은 깨달음이나 지식, 당신과 다른 사람의 사례 또는 일화가 다 자료입니다.

독자들은 당신의 생생한 경험을 더 흥미로워 합니다. 당신 외에는 누구도 쓰지 못하는 이야기이기 때문이죠. 다양한 사례와 일화를 구하기 위해서는 당신이 직·간접으로 만나는 사람의 말에 귀를 기울여야 합니다. 저 이야기는 내 책의 사례라고 느끼는 순간 채집해야 하는데요. 경험과 사례와 일화는 어떤 이론이나 설명보다 당신의 책을 풍부하게 해주는 살아있는 자료이기 때문입니다.

인터넷 검색

인터넷의 바다에는 자료가 어마어마하게 많습니다. 구글이나 네이버에서 키워드를 치고 검색하면 어망으로 끌어올린 물고기 쏟아지듯 관련 자료가 화면에 차오릅니다. 이때 올라오지 않아도 되는 물고기처럼 딱히 필요 없는 자료도 있는데요. 내 주제에 딱 맞는 자료만 골라내는 게 중요합니다. 자료를 골랐다면 일단 출력해서 읽어봅니다. 종이로 읽어야 눈도 피로하지 않고 필요한 문장에 줄도 치고 메모도 가능합니다.

영화, 강연, 유튜브 등 영상 정보

인터넷 검색이나 책에서 찾을 수 없는 자료는 영화, 강연, 유튜브 등 영상 정보를 통해 얻을 수 있습니다. 영화의 한 장면에서 영감을 얻기도 하고 우연히 듣는 강연에서 강사의 말 한마디가 당신의 주제와 딱 맞아떨어질 수 있어요. 작정하고 찾아보는 유튜브에서 유익한 정보를 얻을 수도 있죠. 필자의 첫 책 《책과 잘 노는 법》을 쓸 때 영화 "비포 선셋" 시리즈의 한 장면을 자료로 활용했고, 필자가 직장 재직 시 직원 대상 특강에서 강사의 말 한마디를 포착해 쓰기도 했습니다.

책의 주제는 전체를 아우르는 제목과 세부 주제인 목차가 있습니다. 자료를 찾을 때는 세부 주제인 목차가 실질적인 도움이 됩니다. 따라서 목차를 잘 보이는 곳에 붙여놓거나 가지고 다니면서 늘 들여다보면 도움이 되죠. 목차 각각의 주제를 머릿속에 각인시켜 놓아야 책을 읽거나, 영화를 보거나, 강연을 듣거나, 유튜브를 시청하거나, 인터넷 서핑을 하는 중에 주제와 관련된 부분이 나오면 즉시 알아챌 수 있기 때문이에요. '저건 내 책에 넣으면 되겠어!' 하고 느낌이 딱 옵니다. 그때 바로 낚아채면 되는데요. 방법은 메모하거나 사진으로 찍어두거나 목차 파일에 갈무리해 둡니다. 주의할 것은 출처를 명확히 밝혀두어야 해요. 어디서 나온 말인지 무슨 책에서 읽었는지 기억이 나지 않으면 쓸모없는 자료일 뿐입니다.

자료는 활용하는 것이고, 자료를 잘 활용할 때 좋은 글이 나옵니다. 책 쓰기의 자신감은 자료에 비례합니다.

08

글이 길을 잃지 않으려면

자료를 충분히 모았으면 이제 자료를 읽고 소화해서 집필하면 되는데요. 실용 글쓰기든 문학 글쓰기든 모든 글쓰기에는 글을 구성하는 방식이 있습니다. 가장 널리 알려진 방법인 기승전결, 서론 본론 결론의 3단 구성, 두괄식과 미괄식 등은 당신도 익히 잘 알고 있는 방식입니다. 책은 한 꼭지 한 꼭지의 합이라고 여러 번 강조했듯이 한 꼭지를 쓰기 위한 글의 구성 방식을 알고 본문을 써나간다면 당신의 글은 길을 잃지 않고 안정적으로 마지막까지 채워질 것입니다.

여기서는 책을 쓸 때 필요한 글쓰기 구성 방식을 알아 볼게요.

사례 구성 방식

이 방식은 주로 자기 계발서 형태의 책을 쓸 때 많이 사용하는 방법입니다. 구성 방식은 '사례 인용 – 사례의 의미 – 현실의 문제점 – 대안 제시 – 나의 주장' 형태로 글을 전개하는데요. 당신의 책 콘셉트에 따라 조금 변형해도 좋습니다. 가령 '대안 제시'를 찾을 수 없다면 이 단계를 생략해도 좋다는 겁니다. 이 방법은 글을 시작할 때 첫 문단을 사례로 시작하면서 다음 문단에서 사례에 대한 의미(나의 생각과 해석)를 제시합니다. 이때 사례는 두 개를 넣어도 됩니다. 다음에는 사례의 의미를 확대해서 현실에서의 문제점을 찾아본 후 그에 대한 대안을 제시하면서 나의 주장으로 마무리하는 방식입니다. 다음의 예는 《책 쓰는 사장》 중에서 "100일만 미쳐라" 꼭지를 발췌했습니다.

제목 : 100일만 미쳐라

1. 사례

난 결코 대중을 구원하려고 하지 않는다.
난 다만 한 개인을 바라볼 뿐이다.

난 한 번에 단지 한 사람 만을 사랑할 수 있다.
한 번에 단지 한 사람만 껴안을 수 있다.
(중략)

2. 사례의 의미(사례에 대한 나의 생각)

테레사 수녀가 처음 어떤 시도를 했는가? '한 번에 한 사람씩' 이 정답이다. 만약 처음부터 많은 사람에게 도움을 주고 변화시키려고 시도했다면 분명히 너무 힘들어서 중간에 포기했을 것이다. 책을 쓰는 작업도 마찬가지다. '한 번에 한 꼭지씩' 을 만들어가야 한다. 처음부터 너무 완벽하게 쓰려고 하지 말고 한 꼭지씩 써 내려가라. (중략)

3. 현실의 문제점

시작을 했으면 끝을 맺어야 한다. 책을 쓰기 시작했으면 완성해야 한다. 3,4년 전부터 책을 쓰겠다고 결심하고 출간하지 못하는 사람들이 주위에 늘어나고 있다. (중략)

4. 대안 제시

이제는 너무 많은 것을 생각하지 마라. 이제는 내가 필력이 있는지 없는지 생각하지 마라. (중략) 제목과 목차가 정해졌으니 거기에 맞는 내용을 한 꼭지씩 완성하는 데 모든 것을 투자하라.

5. 주장(마무리)

책을 쓰고 싶은 CEO와 리더들이여! 딱 100일만 선택 집중 몰입해서 하루에 한 꼭지씩 써내려 가라. 당신이 책을 쓰든 쓰지 않든 앞으로 남은 시간은 당신을 기다려주지 않는다. 그렇다면 그 시간을 당신의 목표를 성취하는 뜻깊은 나날로 만들어보는 것은 어떤가? (후략)

PREP 공식

이 방식은 주장을 가장 확실하게 전달하는 글쓰기 방식입니다. 두괄식이나 미괄식과 다르게 핵심 주장이 처음과 끝에 놓이는 양괄식 방식이라고도 해요. 즉 PREP 공식은 '주장(Point)-이유(Reason)-근거(Example)-재주장(Point)'의 구조로 글을 쓰는 방법인데요. 자신의 핵심 주장을 먼저 한 뒤 그렇게 주장하는 이유와 근거를 대고 마지막에 핵심 주장을 한 번 더 강조하면서 끝내는 방식입니다. 근거는 이왕이면 실제 사례를 위주로 대면 훨씬 설득력이 있어요.

또한 이 공식은 구성이 단순해서 글의 구조를 기억하기 쉽고, 글쓰기가 용이합니다. 독자가 읽는 데 부담이 없다는 장점도 있어요. 글쓴이의 주장을 서두에 제시하기 때문에 첫 문장만 읽어도 독자가 핵심을 파악할 수 있어서 효과적인 의사전달이 가능합니다.

- 주장(Point) : 누우면 죽고 걸으면 산다.
- 이유(Reason) : 활동하지 않으면 근육은 소실되고 지방이 축적되어 만병의 근원이 되지만 병의 90퍼센트는 걷기만 잘해도 낫기 때문이다.
- 근거(Example) : 3년 전 갑자기 돌발성난청이 와서 한쪽 청력이 거의 소실되었다. 청력 회복을 위해 매일 만 보 걷기를 시작하고 한 달 만에 완쾌되었다.
- 재주장(Point′) : 100세 시대, 죽을 때까지 건강하게 살기 위해서는 꾸준히 걸어야 한다.

서론, 본론, 결론

가장 일반적이며 대표적인 글쓰기 방식입니다. 서론에서는 쓰려는 글의 목적과 주제 그리고 문제점을 제시하는데요. 이때 주제에 알맞은 주장이나 인용문 또는 사례로 시작합니다. 본론에서는 서론에서 제시한 내용을 바탕으로 근거를 세워 구체적으로 전개합니다. 마지막 결론에서는 이 이야기가 주는 이익과 시사점이 무엇인지 제시하거나, 문제의 해결책 또는 주장을 강조면서 글을 마무리합니다. 주로 칼럼이나 논설문 등 주장 글을 쓸 때 이 형식으로 쓰는데요. 만약 쓰고자 하는 책이 에세이라 해도 이 방식을 사용할 수 있어요. 어떤 방식이든 글의 내용은 서론-본론-결론에 해당하는 3단 구성이라야 독자들이 편하게 읽을 수 있습니다.

두괄식, 미괄식 : 핵심 메시지의 위치

주장하고자 하는 핵심 메시지의 위치에 따라 두괄식 또는 미괄식 구성이라고 합니다. 즉 주장의 결론을 글의 앞머리에 먼저 밝히고 전개하면 두괄식 글이 되고, 마지막에 두면 미괄식 글이 되죠. 두 가지 방식 다 장단점이 있으나 실용서에서는 가능하면 두괄식으로 전개하기를 권합니다. 두괄식의 글은 첫 문장에 핵심 메시지가 있어요. 다음에 이어지는 문장은 첫 문장을 확인하는 과정이므로 주장에 힘을 실어줍니다. 하지만 미괄식 글은 독자가 핵심 메시지를 찾기 위해 신경을 곤두세워야 합니다. 읽다가 지칠 수 있어요. 하여 글의 말미에 나오는 주장이나 핵심 메시지에 힘이 빠질 수 있습니다.

이솝 우화 중 '바람과 태양'이라는 글로 예를 들어보겠습니다.

어느 날 바람과 태양이 누가 더 힘이 센지 언쟁이 붙었다. 언쟁 끝에 길을 지나가던 나그네의 외투를 누가 더 빨리 벗기느냐로 강한 자를 정하기로 했다. 먼저 바람이 나섰다. '차고 강한 바람'을 그 나그네에게 뿜어내 그 기세로 행인이 입고 있던 외투를 벗기려고 했다. 하지만 바람이 강해지면 강해질수록 그 나그네는 외투가 벗겨지지 않도록 필사적으로 겉옷을 붙잡았다. 이번에는 태양의 차례였다. 태양은 '따뜻한 햇살'을 나그네에게 비추었다. 그러자 얼마 지나지 않아 나그네는 입고 있던 겉옷을 스스로 벗었다. 자신만만했던 바람은 얼굴이 빨개져 도망갔다.

이 글은 사건이 일어난 순서대로 쓴 미괄식 글입니다. 끝까지 읽어야 결과를 알 수 있죠. 이를 두괄식으로 바꿔 쓰면 첫 문장만으로 전체 내용을 파악할 수 있습니다.

나그네의 외투를 벗긴 쪽은 바람이 아니라 태양이었다.
어느 날 바람과 태양이 누가 더 힘이 센지 언쟁이 붙었다. 언쟁 끝에 길을 지나가던 나그네의 외투를 누가 더 빨리 벗기느냐로 강한 자를 정하기로 했다.(후략)

책을 쓰기 위한 다양한 글쓰기 구성 방식이 존재합니다. 글쓰기 방식은 글쓴이가 하고 싶은 말이나 주장을 가능하면 효과적으로 독자에게 잘 전달하기 위한 일종의 공식이에요. 만약 당신이 말하고자 하는 주제를 독자에게 잘 설득할 수 있는 당신만의 글쓰기 패턴이 있다면 그 방식으로 써도 돼요. 하지만 첫 책을 쓰려는 당신은 아직 글쓰기가 익숙하지 않을 수 있으므로 여기 제시하는 글쓰기 구성 방식을 염두에 두고 당신 책에 맞는 구성 방식을 선택하기 바랍니다. 글이 도달해야 할 목표가 뚜렷하므로, 길을 잃지 않아요.

09

끌리는 글을 쓰고 싶다면

글을 읽다가 어떤 문장에서 잔잔한 마음의 파동을 느낄 때가 있습니다. 눈으로 읽었는데 글자들이 입에서 맴도는 문장도 있습니다. 그럴 때는 가만히 소리 내어 읽어보곤 하는데요. 소리를 통해 몸으로 전해오는 글맛을 느껴봅니다. 글 읽는 행복인데요. 글 쓰는 사람이라면 이처럼 누군가의 마음을 사로잡는 글, 눈과 귀를 매혹하는 글을 쓰고 싶은 바람이 있을 겁니다. 바로 끌리는 글이라고 하죠.

끌리는 글은 독자에게 감동을 줍니다. 글자 그대로 글에서 뭔가를 느끼고 마음이 움직이는 것인데요. 그래서 계속 읽게 만드는 글입니다. 간혹 독자에게 감명을 주는 글은 화려한 미사여구로 치장된 글이라고 생각하기 쉽습니다. 흔히 목걸이, 반지, 팔찌 등 온갖 장신구로 치장한 사람을 보면 나도 모르게 시선이 가죠. 그러나 쉽게 눈길을 거둡니다. 오히려 수수한 옷차림에 목걸이나 브로치 같은 장신구 하나로 포인트를 주었을 때 더 오래 시선이 머물죠. 글도 마찬가지입니다. 독자의 마음을 움직이게 하는 글은 적절한 어휘 선택으로 읽기 편하고 진정성이 느껴지는데요. 무언가를 느끼고 상상하고 긍정하고 행동하게 하는 글입니다. 이런 글은 어떻게 써야 할까요.

이성보다 감성을 건드려 준다

《다정한 것이 살아남는다》에서 진화인류학자 브라이언 헤어와 버네사 우즈는 "적자생존은 틀렸다. 진화의 승자는 최적자가 아니라 다정한 자였다."라고 말합니다. 신체적으로 우월한 네안데르탈인이 아니라 호모 사피엔스가 끝까지 생존한 까닭은 바로 친화력이 좋은 다정한 자였다는 것을 증명하고 있는데요. '다정함' 이라는 어휘는 감정언어입니다. 사람들은 감정에

호소할 때 쉽게 마음이 움직이는 경향이 있습니다. 감성적인 글에 더 매력을 느끼기 때문이죠.

다음의 두 문장을 한 번 읽어보겠습니다.

"4년 전에 비해 경제성장률이 1% 하락했습니다."

"4년 전에 비해 더 잘살고 있는가?"[16]

두 문장 중에 후자가 더 마음에 와닿습니다. 전자는 그저 '경제가 나빠졌구나'라고 생각할 뿐 아무런 느낌이 오지 않습니다. 나하고는 상관없는 말처럼 들리죠. 그에 반해 후자는 한동안 잊고 있던 것을 방금 기억해 낸 것처럼 현재 나의 생활을 돌아보게 됩니다. 같은 내용의 문장이라도 적절하게 감성을 터치해준다면 바로 그 순간 독자의 마음이 움직이게 됩니다.

추임새를 넣어 궁금증을 유발 시킨다

문장과 문장 사이에 적당한 추임새를 넣으면 글이 더 매력적으로 읽힙니다. 앞 문장에서 말한 내용에 대하여 저자의 느낌이나 생각을 끼워 넣거나, 뒤 문장으로 이어질 내용에 대하여 궁금증을 유발합니다. 즉 독자를 궁금하게 만드는 것입니다.

"그해 가을 책을 한 권 선물 받았다. (중략) 공감되는 부분이 많았다. 책의 많은 부분에 밑줄을 긋고 책장의 귀를 접어놓았다."

"그해 가을 책을 한 권 선물 받았다. (중략) 공감되는 부분이 많았다. 책 속의 문장들이 꼭꼭 씹어 삼켜야 할 음식처럼 눈에서 머물고 입에서 감돌았다. 책의 많은 부분에 밑줄을 긋고 책장의 귀를 접어놓았다." [17)]

전자보다 후자의 밑줄 친 문장을 추임새처럼 추가함으로써 더 풍성한 문장이 되었습니다. 저자는 어떤 문장들이기에 꼭꼭 씹어 삼키고 싶을 정도로 입에 감돈다고 할까? 그 책을 직접 읽어보고 싶어집니다. 어떤 문장에 밑줄을 긋고 책장의 귀를 접었는지 확인해 보고 싶어집니다.

간결하지만 꼭 필요한 수식어는 쓴다

글은 되도록 짧은 문장으로 씁니다. 단문으로 쓰라는 말인데요. 특히 글쓰기 초보자는 형용사 부사를 최대한 아껴야 합니다. 수식어를 많이 쓰면 문장이 길어지고 복잡해져서 전달하고자 하는 핵심을 놓치기 쉽습니다. 외모를 돋보이기 위해 진한 화장을 하면 그 사람 본래의 얼굴을 알아보기 어려운 것처럼, 글에서도 수식어가 많으면 전하려는 내용을 파악하기 어려워집니다. 간결한 문장이 힘이 있고 아름다워요. 하지만 간결하게 쓰기 위해 꼭 필요한 수식어를 생략하라는 말은 아닙니다. 맨얼굴에 립스틱 하나로 생기 있는 표정이 되듯 수식어 하나를 적절히 사용함으로써 문장이 돋보일 때가 있는데요. 다음은 김훈의 《칼의 노래》 중 한 문장입니다.

"나는 소금 창고 안으로 들어갔다. 가마니 위에 엎드려 나는 겨우 숨죽여 울었다."[18]

이순신이 전장에서 아들 면의 부고를 받던 날이었죠. 하루

종일 이를 악물고 울음을 참다가 저녁때 갯가 염전의 소금 창고 안으로 들어가서야 숨죽여 울었다는 문장입니다. 여기서 부사 '겨우'가 들어감으로써 이순신이 아들의 죽음을 슬퍼하며 오열하는 장면이 떠오르는데요. 만약 '겨우'가 빠진다면 아주 밋밋한 문장으로 이순신의 슬픔이 제대로 전달되지 않습니다. 이처럼 수식어도 적절하게 사용함으로써 독자에게 감정이입과 울림을 줍니다. 참고로 수식어를 사용하는 팁은 수식하려는 말에 최대한 붙여 씁니다.

사례를 추가하면 글맛이 난다

사례는 글에 양념이 됩니다. 본래의 글에 읽는 맛을 더해주죠. 어떤 주제에 대하여 처음부터 끝까지 저자의 생각과 설명으로만 이어진 글은 지루합니다. 적절한 일화나 사례를 넣으면 글에 대한 이해를 넓히고 분위기를 전환해 줍니다. 음식에 청양고추가 들어가면 본래의 재료에 매운맛이 섞여서 오묘하고 깊은 맛이 나듯 무심하게 끼워 넣은 사례 한 줄이 밋밋한 글을 입에 착 달라붙는 글로 바꿔줍니다. 다음은 김수현의 《나는 나로 살기로 했다》에 나오는 문장입니다.

"나이를 먹으며 절감하는 건 언제 밥 한번 먹고 싶은 사람들조차도 시간을 내서 보긴 어렵다는 사실이다. 그렇기에 좋아하지 않거나 잘 맞지 않는 사람들은 인생에서 지나가는 사람들이 된다."

"나이를 먹으며 절감하는 건 언제 밥 한번 먹고 싶은 사람들조차도 시간을 내서 보긴 어렵다는 사실이다. 그렇기에 좋아하지 않거나 잘 맞지 않는 사람들은 고등학교 때 옆 분단에 앉았던 은경이와 재무팀의 박 대리가 그랬듯이 인생에서 지나가는 사람들이 된다."

전자의 글과 후자의 글을 비교해서 읽어보세요. 전자의 글은 밋밋합니다, 후자의 글은 저자가 자신의 '인생에서 지나가는 사람들'을 말하기 위해 밑줄 친 부분 "고등학교 때 옆 분단에 앉았던 은경이와 재무팀의 박 대리"라는 사례를 하나 추가함으로써 글맛이 살아있습니다. 더불어 독자는 내 인생에서 지나가는 사람은 누구일까? 생각해 보는 재미있는 글이 되었습니다.

끌리는 글을 쓰고 싶나요? 무엇보다 독자의 감성을 터치해 보세요. 추임새로 독자의 궁금증을 유발해 보세요. 꼭 필요한 수식어로 독자의 마음을 움직여보세요. 사례를 추가하여 독자에게 읽는 맛을 안겨 주세요. 이는 독자들의 마음을 움직이게 하는 몇몇 방법인데요. 외에도 독자들의 다양한 취향을 연구해야 합니다. 특히 요즘 독자들은 더욱 그렇죠.

PART

04

준비된 당신

이제 책을 써보자

01

책 쓰기에서 필요한 글쓰기 항목

책 쓰기에서 글쓰기가 8할이라고 말했습니다. 그렇게 말한 이유는 책을 쓰면서 들이는 시간과 노력의 차이 때문인데요. 주로 책 본문을 쓰면서 엄청난 노력과 시간을 투자해야 한 권의 책이 완성되는 것을 의미합니다. 물론 책 본문이 책 쓰기에서 필요한 항목 중 가장 많은 부분을 차지하고, 가장 많은 시간을 요하는 것은 사실입니다. 그러나 책 쓰기에서 글쓰기에 해당하는 부분이 본문만 있는 것이 아니죠. 여기서는 책 쓰기에 필요한 글쓰기 관련 항목에 대해 간략하게 살펴볼게요.

책을 써야 하는 이유

책 쓰기의 과정은 가장 먼저 책 쓰기를 결심하는 일입니다. 무슨 일이든 결심이 서야 그 일을 행동으로 옮기는 것이죠. 책 쓰기를 결심하는 배경에는 '책을 써야 하는 이유'가 필요합니다. 자기만의 확실한 이유가 있을 때 아무리 어려운 책 쓰기라 해도 도전할 의미가 있습니다. 당신이 만약 책 쓰기를 시작한다면, 먼저 '책을 써야 하는 이유'를 써보세요. 글로 쓰고 난 후 책 쓰기의 어려움에 봉착할 때마다 꺼내서 읽어보면 마음을 다잡는 데 도움이 될 것입니다. 필자 역시 첫 책 《책과 잘 노는 법》을 쓰기 시작하면서 A4 두 장에 걸쳐 '책을 쓰고 싶은 이유'를 써봤습니다. 내용을 정리하면 다음과 같습니다.

첫째, 사서로서 직장생활 30년에 대하여 내가 나에게 주는 퇴직 선물이다.

둘째, 인생 후반전을 시작하면서 나의 브랜드 가치를 높이고 싶어서다.

셋째, 나의 두 번째 책과 그 이후의 책 쓰기를 위한 출발이다.

넷째, 한 사람이라도 내 책을 읽고 책 읽기를 시작한다면 진정 가치 있는 일이기 때문이다.

[강점과 자원 찾기]

책을 쓰고자 하는 당신의 강점과 자원을 찾아보는 일입니다. 이 부분은 한 편의 완성된 글로 쓰는 것이 아닙니다. 대신 당신이 가진 강점과 자원을 키워드로 써보는 일인데요. 당신도 몰랐던 당신 자신을 새롭게 알아가는 과정입니다. 이 과정에서 당신이 어떤 책을 쓰고 싶은지 주제와 정체성을 발견하게 됩니다.

[제목과 목차]

제목과 목차는 책 쓰기에서 필요한 글쓰기의 최소 요건인 문장이 아닙니다. 하지만 제목과 목차는 책을 쓰기 위한 첫 번째 관문으로 꼭 필요한 항목이죠. 제목과 목차 없이는 책을 쓸 수 없으므로 책 쓰기에서 필요한 글쓰기 항목으로 넣었습니다.

[한 꼭지]

책 쓰기에서 한 꼭지의 의미는 매우 큽니다. 한 꼭지는 각 장 아래의 세부 목차 제목 중 하나를 말하는데요. 이 한 꼭지를 써봄으로써 비로소 책 쓰기의 가능성을 가늠할 수 있습니다. 이

한 꼭지 한 꼭지가 모여 한 권의 책이 됩니다.

[초고]

모든 글에는 초고가 있습니다. 모든 책도 초고가 있습니다. 한 편의 글이든 한 권의 책이든 처음에 쓴 원고를 초고라 부릅니다. 초고는 본문을 포함하여 프롤로그와 에필로그까지 쓴 원고인데요. 이 초고를 바탕으로 여러 번 퇴고를 거쳐 집필을 마무리합니다.

[퇴고]

초고를 고치고 또 고치는 과정이 퇴고입니다. 독자가 서점에서 구매하여 읽는 책은 다 퇴고를 거친 결과물입니다.

[프롤로그]

책의 서문에 해당하는 항목으로 책을 왜 썼는지, 어떤 내용으로 구성했는지, 타깃 독자는 누구인지 등 책에 대한 전반적인 사전 안내입니다. '프롤로그' 대신 '머리말', '시작하며', '들어가며' 등으로 표현하기도 합니다.

[에필로그]

책 본문을 다 쓰고 난 후 미처 못다 한 말을 쓰거나, 책을 쓰는 과정에서 일어난 에피소드 혹은 독자에게 당부하고 싶은 말을 쓰는 책의 후기입니다. '에필로그' 대신 '맺는말', '마치며', '나오며' 등으로 표현하기도 합니다.

[프로필]

저자인 당신을 소개하는 글입니다.

이처럼 책 쓰기에서 필요한 글쓰기 항목들은 책을 써야 하는 이유, 제목, 목차, 한 꼭지, 초고, 퇴고, 프롤로그, 에필로그, 프로필 등입니다. 이 항목 하나하나씩 어떻게 써야 하는지 다음에 이어지는 글에서 자세히 설명하겠습니다.

참고문헌이나 부록 등은 글쓴이의 생각이 아닌 이미 존재하는 정보이므로 글쓰기 항목에서 제외했습니다.

02

1초에 반하는 제목 짓기

제목은 책을 표현하는 가장 핵심 정보입니다. 바로 그 책의 정체성이기도 하죠. 하여 당신이 쓰고자 하는 실용서의 제목을 지을 때 책의 핵심 주제가 드러나야 하는데요. 핵심 주제를 얼마나 통찰을 담아 분명하고 인상적으로 어필하는지가 중요합니다. 그래서 제목을 지을 때 가장 많은 고민을 요구하게 되죠.

독자들은 책을 살 때 가장 먼저 제목을 봅니다. 책을 구매하는 경로 중 첫 번째 정보에 해당하죠. 독자와의 첫 만남에서 1초 만에 시선을 사로잡아야 독자는 그 책을 집어 들고 다음 단계인 목차 확인에 들어갑니다. 제목이 독자의 시선을 끌지 못하면 내용이 아무리 좋아도 선택받지 못하고 사장되는 경우가 허다합니다. 필자도 온라인 서점에서 주로 책을 구매하는데요. 먼저 제목이 마음에 들어야 다음 단계인 목차를 살펴본 후 구매를 고민합니다. 때로는 책을 읽다가 '제목에 낚였다' 는 생각이 들 때가 있기도 합니다만, 그 정도로 제목은 독자들이 책을 구매할 때 가장 많은 영향을 미치는 요소입니다.

출판사에서도 책이 출간되는 마지막까지 신경을 쓰는 게 바로 제목입니다. 제목에 의해 책의 시장성이 결정되기 때문이죠. 책을 쓰는 과정에서 글쓴이가 짓는 제목은 출판 계약이 되면 출판사와 협의하여 제목을 다시 짓게 됩니다. 어떤 경우 저자가 나는 죽어도 내가 정한 제목으로 책을 출판하겠다고 한다면 출판사에서도 따를 수밖에 없겠죠. 하지만 첫 책을 쓰는 아마추어 저자라면 많은 경험과 노하우를 가진 출판사의 의견을 존중해 주어야 합니다. 필자의 첫 책도 처음에는《사서가 들려주는 책 그 知讀한 이야기》《사서가 들려주는 책이 좋아지는 비결》이 두 개의 가제를 놓고 고민하다가 출판사와 협의하여《책과 잘 노는 법》으로 출간했습니다.

제목은 트렌드에도 민감하게 반응합니다. 가령 2018년 《하마터면 열심히 살 뻔했다》는 책이 베스트셀러였던 적이 있어요. 이 책은 열심히 살아야 성공한다는 성공 공식에 지친 현대인들에게 열심히 살지 않아도 된다는 역설적인 제목으로 성공했는데요. 이 제목의 책이 독자들의 반응을 얻자 이후 《하마터면 남들처럼 살 뻔했다》, 《하마터면 완벽한 엄마가 되려고 노력할 뻔했다》, 《하마터면 세금상식도 모르고 세금 낼 뻔했다》 등 유행처럼 "하마터면 ~ 뻔했다"를 모방하는 제목들이 많이 나왔습니다. 마치 '하마터면 시리즈' 처럼. 이런 종류의 시리즈 같은 제목들은 또 있어요. "~ 처음이라"는 단어를 넣는 제목도 꾸준히 등장하는데요. 《작가는 처음이라》, 《팀장은 처음이라》, 《나도 내가 처음이라》, 《돈 공부는 처음이라》 등입니다.

"하마터면 ~ 뻔했다"와 "~ 처음이라" 같은 류의 제목이 독자의 눈을 사로잡는 이유는 독자들에게 '열심히 해야 한다' '잘 해야 한다' 라는 사회적 강박에서 벗어나도 된다는 위로의 메시지를 주기 때문인데요. 이처럼 독자의 마음을 살짝 건드려주는 제목이 일단은 성공적인 제목이라고 할 수 있습니다. 즉 독자가 어떤 것이 필요한지, 무엇을 원하는지 잘 생각해 보라는 말인데요. 좋은 제목, 성공적인 제목이라는 의미는 저자나 출판사의 입장에서 잘 팔리는 책이라는 뜻이기도 합니다.

제목을 정할 때 저자와 독자라는 양쪽의 입장이 있습니다. 저자는 독자에게 하고 싶은 이야기를 쓰기 때문에 저자의 입장에서 제목을 고민하는데요. 독자는 책이 자신에게 어떤 이익을 주는지 생각하며 제목을 봅니다. 따라서 책은 그 책을 구매할 독자의 손과 눈에서 가능한 오래 머물러야 합니다. 저자의 입장보다는 독자의 입장에서 제목을 지어야 하는 이유입니다. 그래야 독자에게 선택받고 사랑받는 책이 됩니다. 20여 년 출판기획을 전문으로 해온 양원근은《책 쓰기가 이렇게 쉬울 줄이야》에서 "대박 제목을 만드는 6가지 법칙"을 다음과 같이 제시합니다.

법칙 1 : 독자에게 무엇이 이익인지 확실하게 알려준다.
자신에게 이익이 되는 것을 추구하는 인간 심리를 이용하는 방법인데요. 제목을 통해 독자에게 이익이 되는 내용이 담겨 있음을 알려줌으로써 구매 욕구를 불러일으킵니다.
《부동산 경매로 1년 만에 꼬마빌딩주 되다》

법칙 2 : '지금이 기회' 임을 강조하고, '중요한 일' 임을 인식시킨다.
홈쇼핑에서 주로 사용하는 방법으로 지금 당장 사지 않으면 영영 기회를 놓칠 것 같은 마음이 들게 하는 마케팅 방법이죠.
《20대에 하지 않으면 안 될 50가지》

법칙 3 : 내용이 궁금해서 참을 수 없게 만들거나 '왜?' 라는 의문이 들게 한다.
이는 호기심을 자극하여 궁금증을 유발하게 하는 제목인데요. 고개를 갸웃하게 함으로써 독자의 시선을 끌어냅니다.
《영어공부 절대로 하지 마라》

법칙 4 : '설마 그게 가능해?' 하는 흥미를 유발한다.
거짓말 같아서 사실인지 확인해 보고 싶어지게 만드는 제목입니다.
《합법적으로 세금 안 내는 110가지 방법》

법칙 5 : 왜 읽어야 하는가? 읽어야 하는 이유를 확실하게 알린다.
읽지 않으면 안 될 것 같은 기분이 들게 만드는 제목입니다.

《정의란 무엇인가》

법칙 6 : 독자의 마음을 위로하고 대변해 주는 표현을 한다.
이 법칙은 제목을 짓는 최근 트렌드이기도 한데요. 결국 독자가 공감하는 말 혹은 듣고 싶어 하는 단어로 제목을 정합니다.
《나는 나로 살기로 했다》

이외에도 질문으로 독자의 생각을 묻는 제목 《왜 세계의 절반은 굶주리는가?》, 독자에게 위로와 공감대를 형성하는 제목 《죽고 싶지만 떡볶이는 먹고 싶어》, 도전을 불러일으키는 제목 《존리의 부자되기 습관》, 역설적인 제목 《하마터면 열심히 살 뻔했다》 대구 구성으로 독자의 확실한 판단을 끌어내는 제목 《부자아빠 가난한 아빠》 등 다양한 유형의 제목이 독자의 마음과 시선을 잡아당기고 있습니다.

좋은 제목은 다 독자의 입장에서 지어진 제목이라는 것을 알 수 있습니다. 좋은 사진을 찍기 위해서는 잘 찍은 사진을 많이 봐야 하는 것처럼, 1초 만에 독자를 반하게 하는 제목을 짓기

원한다면, 이미 지어진 좋은 제목들을 살펴야 합니다. 일부러 시간을 내서라도 서점에 가서 당신이 쓰고 싶은 주제와 관련된 책 제목들을 훑어보십시오. 그것만으로도 제목에 대한 감각을 키울 수 있어요. 계절이 바뀌면 백화점에 가서 아이 쇼핑하면서 유행을 짐작하듯 서점에 가서 신간들을 보면 제목 트렌드를 파악할 수 있습니다. 당신의 책 제목에 대한 아이디어도 얻을 수 있습니다.

03

책을 사느냐 마느냐의 단서 목차 구성

책을 구매할 때 제목을 보고 바로 목차를 확인합니다. 표지와 저자는 그다음이죠. 저자보다 목차를 먼저 보는 이유는 필요한 내용이 있는지 확인하기 위해서인데요. 저자 프로필보다 목차가 중요하다고 생각합니다. 저자가 어떤 사람이든 책을 썼다면 일정 부분 그 분야의 전문성이 있다고 판단하기 때문이죠. 해당 주제에 대해 전혀 모르는 상태에서 책을 쓸 수는 없으니까요. 목차를 살피면서 뭔가 허술하거나 필요한 내용이 보이지 않으면 미련 없이 책을 내려놓습니다. 결과적으로 필자에게는 목차를 보고 그 책을 사느냐 마느냐를 결정하는 중요한 단서가 됩니다. 즉, 목차는 당신의 책이 독자에게 선택을 받는 결정적인 요소라고 해도 과언이 아닙니다.

한 편의 글, 한 권의 책과 같이 목차도 일관성이 있어야 합니다. 한 편의 글이 서론, 본론, 결론으로 이어지는 것처럼 한 권의 책을 구성하는 뼈대인 목차 역시 큰 틀에서 3단 구성을 이루면 좋은 목차가 됩니다. 바로 Why, What, How입니다. 목차를 쓸 때 이 3단계, 즉 '이 책을 왜 썼는가?', '그래서 이 책이 주장하는 핵심이 무엇인가?', '그래서 어떻게 하라는 건가?'를 염두에 두면서 목차를 고민해야 합니다. 이 책의 목차를 예로 들어볼게요. 목차 구성의 Why는 "1장 글쓰기가 뭐라고_ 책 쓰기의 필요조건이다" 입니다. 이 책을 왜 썼는지에 대한 답이죠. 다음으로 What은 "2장 책을 쓰고 싶은 당신_ 두려움부터 없애자"와 "3장 책 쓰기를 위한 글쓰기_ 이 정도는 알고 쓰자"입니다. 무엇을 써야 하는지를 제시하고 있어요. 마지막으로 "4장 준비된 당신_ 이제 책을 써보자"와 "5장 책을 쓰는 당신_ 글의 격을 높여줄 글쓰기 팁"이 How에 해당하는 부분으로 책 쓰기를 위한 글쓰기의 방법을 알려주고 있습니다. 물론 모든 목차가 이 책의 방법과 같지는 않아요. 책의 장르에 따라 다르게 구성할 수 있습니다.

책 쓰기를 집 짓기에 비유합니다. 그중에 목차는 집의 기둥이라고 할 수 있는데요. 기둥이 튼튼하게 받쳐줘야 벽도 세우고 지붕도 얹을 수 있습니다. 기둥은 집의 전체적인 스타일을 고려해서 세우는 것이 중요합니다. 한옥 스타일의 집을 지으려면 한옥에 맞는 기둥을 세우고, 목조주택을 지으려면 목구조의 기둥을 세우죠. 목차 역시 책의 주제와 전체적으로 조화를 이루도록 잡아야 합니다. 보통은 목차를 집의 기둥처럼 '세운다' 라고 하는데요. '잡는다', '정한다'. '짠다' 라고도 하죠. 필자는 책 쓰기에서 목차가 너무나도 중요하므로 '쓴다' 라는 단어도 혼용해서 사용하고자 합니다.

목차는 책 제목을 든든하게 받치고 있는 장 제목이 있고, 장 제목을 하나의 키워드로 묶어주는 꼭지 제목들로 이루어지는데요. 여기서 장 제목과 꼭지 제목을 합쳐서 목차라고 합니다. 장 제목은 대개 5~7개를 만들고, 각 장 밑의 꼭지 제목은 7~9개를 쓰지만, 일정한 기준은 없습니다.

이때 장 제목을 먼저 설정하고 그 아래 꼭지 제목을 만드는데요. 장 제목을 설정하기 어려우면 각각의 꼭지 제목을 먼저 쓰고 장 제목을 짓기도 합니다. 자세히 설명하자면 먼저 꼭지 제목을 생각나는 대로 40~50개 정도 만듭니다. 그런 후 꼭지 제목을 5개 정도의 주제로 분류하여 공통 키워드를 추출합니다. 이 5개의 키워드가 각 장의 주제가 되는데요. 이 키워드로 문구(문장)를 만들면 장 제목이 됩니다.

한 꼭지의 내용이 A4 용지 2장 이상으로 길어지면 그 안에서 문단을 중심으로 적절하게 소제목을 붙일 수 있는데요. 정리하면 다음과 같습니다.

제목 concept→ 장 chapter(=장제목)→ 꼭지 unit(=꼭지제목)→ 소제목

필요에 따라 장 제목 상위 개념의 '부 part' 제목을 나눌 수도 있습니다.

제목 concept→ 부 part→ 장 chapter(=장제목)→ 꼭지 unit(=꼭지제목)→ 소제목

책의 전체적인 차례를 표기할 때는 보통 장 제목과 꼭지 제목까지만 쓰고 소제목은 생략합니다. 소제목은 꼭지 제목의 내용이 긴 경우 본문 중간중간에 삽입하는 형태이죠. 이 책의 차례를 보면서 목차의 개념을 설명해 보겠습니다. 앞의 차례를 보면서 비교해봐도 좋아요.

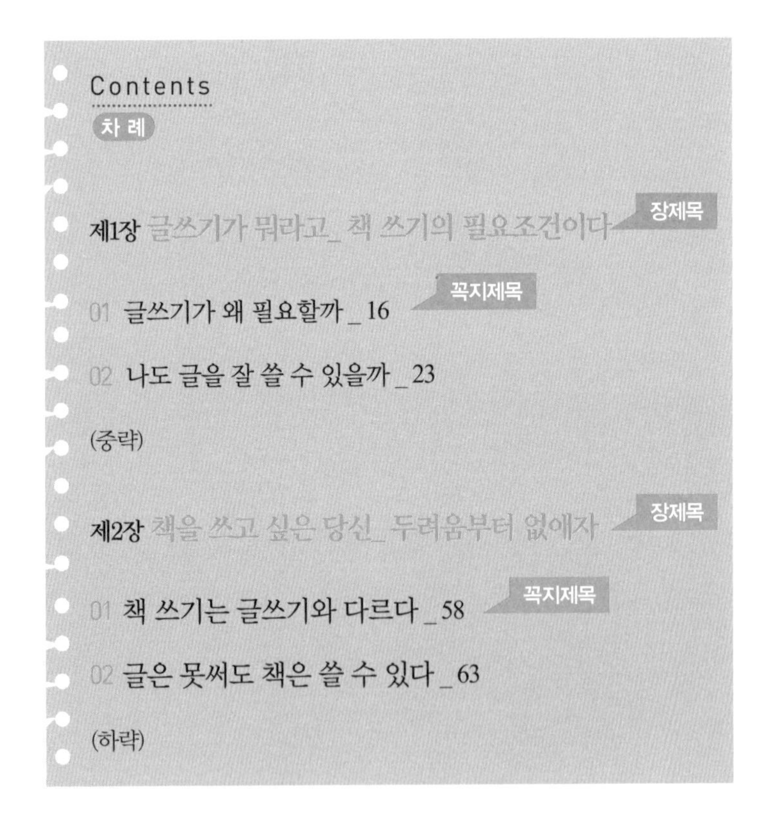

이때 1장의 첫 번째 꼭지 목차인 "글쓰기가 왜 필요할까"의 본문을 보면 다시 3개의 소제목을 붙여 내용을 전개하고 있는데요. 다음과 같습니다. 이 부분은 전체적인 차례 페이지에는 표기되지 않으므로 책을 펼쳐서 확인해 보면 좋아요.

01 글쓰기가 왜 필요할까 — 꼭지제목

나를 드러내는 수단 — 소제목
다수를 움직이는 힘
치유의 시간
몰입을 통한 성장의 기쁨

소제목은 책의 본문을 전개해 나가면서 필요하면 특정 꼭지마다 부여할 수 있는데요. 이런 경우 하나의 꼭지에서 주제 키워드를 미리 제시하기 때문에 본문의 가독성을 높이는 효과가 있습니다.

목차를 쓸 때 경쟁 도서들의 목차를 참고하면 도움이 됩니다. 경쟁도서의 목차를 펼쳐놓고 연구하면 당신만의 매력적인 목차 제목이 떠오를 수 있어요. 아이디어는 기존에 존재하는 것에서 나오기 때문이죠. 필자 역시 이 책의 목차를 쓸 때 4권의 경쟁도서 목차를 필사하면서 아이디어를 얻었습니다. 다만 목차는 한 번 정했다고 해서 끝나는 게 아닙니다. 원고를 집필하는 도중에 콘셉트가 바뀌거나 새로운 아이디어가 떠오르면 언제든지 더 좋은 제목으로 바꿀 수 있습니다. 책이 인쇄되기 전까지는.

04

한 꼭지를 꾹꾹 눌러써 보자

목차를 다 정했다면 이제부터는 책의 본문을 써나가면 되는데요. 이때 목차 하나를 쓴 글이 바로 한 꼭지입니다. '꼭지'는 출판용어이지만 책 쓰기에서 일반적으로 사용하는 글 한 편을 말합니다. 누누이 강조한 한 꼭지의 중요성은 '한 꼭지가 모여서 책 한 권'이 된다는 것인데요. 한 꼭지를 쓸 때, 몇 가지 원칙만 알고 있으면 어렵지 않게 쓸 수 있습니다.

필요한 자료를 모은다

한 꼭지를 쉽게 쓰기 위해서는 자료가 얼마나 충분한가에 달려 있습니다. 해당 꼭지의 주제에 맞는 자료를 모아야 하는데요. 주제와 관련된 책, 당신과 주변의 일화 또는 경험, 영화 속 대사, 강연에서 강사가 하는 말, 인터넷 정보, 신문이나 잡지 기사 등 다양합니다. 하지만 꼭지마다 이런 자료들이 다 들어가는 것은 아니에요. 어떤 꼭지는 나의 경험과 사례가 들어갈 수 있고, 어떤 꼭지는 책 속 인용구나 영화 속 명대사가 들어갈 수 있어요. 해당 꼭지와 관련된 자료를 내용을 가장 잘 아는 당신이 취사선택하면 됩니다.

자료를 목차에 배치한다

자료를 찾았다면 바로 목차에 배치해 놓아야 합니다. 그래야 해당 꼭지를 쓸 때 자료를 찾느라 헤매지 않게 돼요. 필자도 책을 쓸 때 자료를 찾으면 목차마다 배치해 놓았다가 해당 꼭지를 쓸 때 바로 참고하며 썼는데요. 가령 이 책의 1장에 있는 목차 "재능도 없는데 뭘 어떻게 써요"에 필요한 자료를 김용택 시인의 책 《뭘 써요, 뭘 쓰라고요?》에서 찾았죠. 바로 해당 목차 파일에 넣어놓았다가 나중에 풀어썼습니다. 이때 목차 제목마다 독립된 파일을 만들어놓아야 자료를 배치하고 관리하기가 쉽습니다. 만약 자료의 양이 많은 경우 따로 출력해 놓거나 목차와 링크를 걸어 놓으면 좋아요.

글쓰기 방식을 정한다

쓰고자 하는 책의 장르가 어떤 것인지를 먼저 파악하고 글쓰기 방식을 정합니다. 앞의 3장에서 기술한 글쓰기 구성 방식을 참고하면 됩니다. 주로 '서론-본론-결론'의 3단계 방식 혹은 '사례-의미부여-현실의 문제점-대안 제시-나의 주장'으로 구성되는 5단계 방식이 있는데요. 어떤 방식으로 쓰든 메시지가 독자에게 잘 전달되도록 쓰는 것이 핵심입니다. 어떤 책 쓰기 수강생은 5단계 방식에 자신의 이야기를 끼워넣기식으로 쓰려다 보니 너무나 어렵다고 합니다. 다시 강조하지만, 글쓰기 방식은 글을 쉽게 쓰기 위한 하나의 방법입니다.

지금 읽고 있는 이 꼭지 글을 잘 살펴보세요. 서론-본론-결론의 형태로 썼다는 것을 알 수 있을 것입니다. 서론에서는 이 꼭지의 주제인 '한 꼭지 쓰기'에 관하여 문제를 제시했고, 본론에서는 문제 제기에 대한 내용을 '자료수집', '배치', '글쓰기 방식', '쓰기' 라는 4개의 키워드를 중심으로 서술했어요. 결론은 문제에 대한 해결책과 정리로 마무리했습니다.

만약 쓰는 책이 자기 계발서라면 5단계 방식인 '사례 – 의미부여 – 현실의 문제점 – 대안 제시 – 나의 주장' 으로 전개합니다. 이 방법은 첫 문단을 시작하기 쉽다는 장점이 있는데요. 수집해 놓은 일화나 사례로 시작해서 사례에 대한 당신의 생각을 전개하고 그에 따른 문제점은 무엇인지, 어떻게 해결하면 좋은지 등을 숙고한 후에 당신만의 주장으로 마무리하면 됩니다.

자신 있게 쓴다

자료와 사례가 충분히 마련되고 글쓰기 방식을 정했다면 이제 자신 있게 써나갑니다. 글은 적당한 사례나 자료가 뒷받침될 때 글에 힘이 실리고 독자의 공감을 이끌 수 있습니다. 한 꼭지당 사례는 한 개 혹은 두 개를 넣으면 좋아요. 사례가 너무 많으면 이야기가 산만해져 핵심을 놓칠 수 있습니다. 가능하면 세 개 이내로 제한하기를 권합니다.

쓸 내용이 떠오르지 않거나 부족하다 싶으면 원고의 해당 부분에 메모를 해둡니다. '○○○내용으로 보완하기', '더 적절한 단어로 바꾸기', '인용 출처 확인하기' 등등 어떤 내용이라도 메모를 해둬야 나중에 잊지 않고 수정할 수 있어요. 그러다 어느 순간 관련 내용이 떠오를 때 바로 해당 꼭지 파일을 열어 수정하거나 퇴고하면서 보완합니다.

다만 글을 쓰면서 잊지 말아야 할 점은 제목에 함축된 주제에서 벗어나지 않는 것입니다. 각각의 목차는 책 제목인 대 주제를 떠받치는 소주제입니다. 집을 지을 때 각각의 기둥이 바로 세워져서 제 역할을 할 때 튼튼하고 오래가는 집이 완성되듯 소주제 하나하나가 모여서 대 주제인 책 제목을 안정적으로 받쳐줍니다. 따라서 잘 쓰려고 하기보다 한 꼭지 한 꼭지를 얼마나 주제에 맞게 쓰는지가 중요합니다.

책은 한 번에 한 권을 쓰는 게 아닙니다. 한 번에 한 꼭지를 쓰는 것입니다. 한 꼭지를 쓰는 능력이 곧 책 쓰는 능력입니다. 일단 한 꼭지를 초등학생이 일기 쓰듯 꾹꾹 눌러써 봅시다. 천리 길도 한 걸음부터 나아가듯 목차 순서대로 한 꼭지씩 쓰다 보면 어느새 한 권의 책이 됩니다.

05

끗끗하게 초고 쓰는 법

이제 당신은 한 꼭지를 써봤으니 책 쓰기에 본격적으로 돌입한 것입니다. 지금부터 차근차근 쓰면 되는데요. 목차의 마지막 꼭지까지 쓰는 일이 바로 책의 초고를 쓰는 일입니다. 물론 목차 순서대로 쓰지 않아도 돼요. 자료를 먼저 찾아 놓았거나 사례가 생생한 꼭지부터 쓰면 됩니다. 어차피 순서만 다를 뿐 써야 할 꼭지들이니까요. 중요한 것은 목차의 꼭지들을 끝까지 써내는 것. 바로 초고를 완성하는 일입니다.

초고를 완성하는 일은 생각보다 쉽지 않습니다. 필자도 첫 책을 쓸 때 초고를 절반 정도 쓰고 나서 책 쓰기를 멈췄는데요. '이렇게 형편없는 글로 내가 무슨 책을 쓴다고!' 자기 검열에 걸렸습니다. 마음이 혼란스러우니 몸도 따라주지 않았어요. 직장생활과 집필을 병행할만한 체력이 바닥났습니다. 호구지책인 직장이 우선이니 책 쓰기를 멈출 수밖에 없었는데요. 아마 필자 내부에서 그걸 더 원했던 것 같아요. 편안함을 추구하는 인간의 본성 앞에서 백기를 들었던 것입니다.

책 쓰기를 쉬고 있던 어느 날 늘 책 쓰기 동기부여 전문가로부터 전주에서 NLP 강좌를 처음 오픈한다는 말을 들었습니다. 바로 수강 신청을 했죠. 강좌를 수강하면서 강력한 동기부여를 또 받았습니다. 수강을 마치면서 기필코 첫 책을 써내고야 말겠다는 선포를 했죠. 이후 '100일 초고 쓰기' 팀에 합류했고 마침내 초고를 완성했습니다. 초고를 가제본해서 들고 있는 자신이 너무도 든든했어요. 이후 꼼꼼한 퇴고의 시간을 거치면서 출판사와 계약도 하게 됐죠. 2018년 가을, 드디어 첫 책 《책과 잘 노는 법》이 세상에 나오게 되었어요. 첫 책을 내기까지 힘든 각고의 시간이 있었지만 결국 책을 쓰겠다는 의지가 초고를 완성했고 초고가 있었기에 책을 출간할 수 있었습니다.

우선순위에 놓아라

당신 역시 초고를 쓰면서 어떤 난관에 부닥칠지 모릅니다. 내일 일을 예측하지 못하는 게 인생이기 때문이죠. 일이 바빠져서 도저히 책을 집필할 시간이 없어질 수도 있고, 어느 정도 초고를 쓰다가 필자처럼 자기 검열에 빠져서 허우적거릴 수도 있습니다. 마음은 초고 쓰기를 향하는데 몸은 자꾸 피하는 상황에 맞닥뜨릴 수도 있어요. 이런 경우 심기일전하는 결단이 필요합니다. 하루 24시간을 25시간으로 늘릴 수는 없으니 일의 우선순위를 정하고 초고 쓰는 시간을 확보해야 합니다. 어떤 일보다 원고 집필을 우선순위에 놓는 것이 초고를 완성하는 지름길이죠.

집필 시간을 정하라

초고를 계획대로 완성하기 위해 당신이 해야 할 일은 시간 관리입니다. 먼저 쓰는 시간을 정해놓아야 합니다. 방법은 여러 가지가 있는데요. 당신의 상황과 취향에 맞게 조절하면 됩니다. 가령 퇴근 후 매일 두 시간을 정해놓을 수도 있고, 아침형 인간이라면 새벽 두 시간을 활용할 수도 있어요. 그것도 여의찮으면 주말에 몰아서 쓰면 돼요. 그러나 가능하면 한 시간이라도 매일 쓰는 방법을 추천합니다. 원고 집필도 글쓰기라서 쉬면 자칫 흐름이 무너지기 때문인데요. 물론 업무상 회식 또는 친구와의 약속 등은 초고 완성 이후로 미루거나 자제를 하는 것이 최선입니다.

집필 공간을 정하라

원고 집필 공간도 마련해야 합니다. 도서관에 가면 공부가 잘되듯이 우리의 뇌는 희한하게 어느 공간에 가면 집중이 잘 되죠. 대신 어떤 공간이든 그곳에서 집필하는 습관을 만들어야 합니다. 만약 집에 당신만의 서재가 있다면 더없이 훌륭한 집필 공간으로 활용하십시오. 퇴근 후 혼자 남은 사무실도 집중하기에 좋은 장소입니다. 조용한 카페에서 원고를 썼다는 사람도 있고요. 필자는 주로 집에서 원고를 썼는데요. 쓰면서 참고할 자료를 바로바로 찾을 수 있어서 개인 서재를 더 선호했습니다. 가제 《안 망하는 식당 창업》을 쓴 오재천 저자도 '시너지 책쓰기 코칭센터'에서 코칭을 받으며 자신의 집 서재에서 초고를 썼는데요. 컴퓨터에 익숙하지 않아 펜으로 썼습니다. 디지털 시대에 펜으로 한 글자씩 꾹꾹 눌러쓴 초고를 보면서 그분의 열정에 경의를 표하지 않을 수 없었어요.

막 써라

초고를 쓸 때 중요한 점은 원고를 작가처럼 잘 쓰지 않아도 된다는 것입니다. 문법이 좀 틀려도, 문장이 좀 어색해도 그냥 앞으로 쭉쭉 써나가야 합니다. 초고에 너무 공을 들이지 말고 그냥 막 쓰세요. 초고를 잘 쓰려다가 진도가 나가지 않아 지치는 사태가 벌어지지 않는 것이 더 중요합니다. 당신에게는 초고를 쓰고 나서 충분히 퇴고할 시간이 기다리고 있어요.

초고가 중요한 이유는 바로 책을 낼 수 있는 밑바탕이 되기 때문입니다. 아무리 내 이름으로 된 책을 갖고 싶어도 초고가 없으면 아무것도 할 수 없어요. 초고는 잘 쓰든 못 쓰든 상관없어요. 재료가 있어야 무슨 요리든 만들어낼 수 있는 것처럼, 초고가 있으면 퇴고의 과정을 거쳐 한 권의 근사한 책을 낼 수 있습니다. 재료가 조금 불량해도 요리사의 손에서 보기 좋고 맛있는 음식이 되듯 형편없는 초고여도 당신의 능력 안에서 당신의 이름으로 당당하게 한 권의 책으로 탄생할 수 있습니다.

책은 초고가 있어야 나옵니다. 잘 쓴 초고인가 못 쓴 초고인가는 문제가 되지 않아요. 그 이유는 다음에 이어지는 퇴고하기에서 자세히 설명할게요. 다만 당신은 초고를 완성하는 방법들을 동원해야 합니다. 일의 가장 우선순위에 놓고 쓰는 시간을 정한 뒤 집중이 잘 되는 집필 공간에서 일단 막 쓰세요. 당신 이름이 박힌 첫 책을 상상하면서 꿋꿋하게 초고를 쓰세요. 초고는 한 권의 책으로 변하는 마법 같은 존재입니다. 또 다른 세상으로 나아가기 위한 정거장을 만드는 일입니다.

06

묵히면 비로소 보이는 글

2년 전 모 전국 주부백일장에서 수필 공모전이 있었습니다. 마침 책과 관련한 주제여서 한 번 해볼 만했죠. 글쓰기 모임의 동인과 함께 의기투합하여 원고를 썼습니다. 마감을 놓치지 않으려고 서로 원고를 돌려 읽으며 피드백도 했죠. 마침내 접수하고 결과가 나오기까지 두 달. 복권을 사고 기다리는 것처럼 은근한 기대감에 젖어 있었습니다. '대상이 될지도 몰라!' 근거 없는 자신감도 한몫했습니다. 하지만 결과를 확인하고는 기대한 만큼 실망도 컸습니다. '도대체 내 글이 뭐가 문제였지?' 다시 원고를 들여다보니 비로소 글의 민낯이 보였습니다.

책을 쓰는 과정도 다르지 않습니다. 초고를 한참 쓰다가 앞으로 돌아가 첫 부분 원고를 읽어보면 어딘가 모르게 허술하다는 생각이 듭니다. 당신도 책을 집필하다가 앞부분에서 쓴 원고를 읽어보면 '어! 왜 이렇게 썼지?' 라는 느낌을 받게 될 것입니다. 처음 원고를 쓸 때는 스스로도 잘 썼다고 생각했는데 나중에 다시 읽어보면 내가 생각했던 글이 아니어서 실망하는데요. 이것이 바로 글이 보이는 현상입니다. 당신의 글솜씨가 성장했다는 의미이기도 합니다. 사실 이때가 바로 퇴고의 타이밍입니다. 원고를 내가 생각하는 글로 바꾸는 시간이죠.

초고를 다 썼다면 잠시 묵혀두세요. 원고에서 의도적으로 멀어지라는 말입니다. 이 기간이 김치를 발효시키듯 원고를 숙성시키는 과정이며, 밥이 끓으면 뜸을 들이듯 글을 쓰고나서 뜸을 들이는 시간입니다. 이 과정은 더 완성도 있는 원고를 쓰기 위한 퇴고의 준비 기간이라고 볼 수 있어요.

초고를 묵히는 시간은 글 쓰느라 애쓴 당신에게 쉼을 주는 시간입니다. 원고를 쓰느라 밀어놓았던 일을 하십시오. 만나지 못했던 친구를 만나 수다를 떨기도 하고, 밀려있던 집안일도 하고, 읽지 못했던 책도 읽고, 혼자 조용한 카페를 찾아 멍때리기도 하고, 어디 여행을 다녀와도 좋습니다. 무얼 하든 초고를 완성한 당신 자신에게 보상해 준다는 마음으로 시간을 보내세요. 자유롭고 홀가분한 기분을 마음껏 누리십시오.

왜 그런 경우 있잖아요. 앞에 나가 발표를 하고 들어왔는데 '아, 그 말도 할걸!' 하고 빠뜨린 말이 생각날 때가 있습니다. 또 오랜만에 만난 친구가 고민을 털어놓습니다. 친구의 감정에 빙의하면서 이야기를 들어주고 위로까지 해줍니다. 그런데 며칠이 지나서야 '아, 그 말은 하지 말았어야 했는데!' 하고 후회할 때가 있습니다. 초고를 묵히는 시간은 바로 발표 후 다른 말이 생각나기까지의 시간, 친구에게 하지 말았어야 할 말을 기억하게 하는 바로 그런 시간을 벌어주는 것입니다. 따라서 묵힘의 시간을 보낸 후 당신의 원고를 보면 추가해야 할 말, 빼야 할 말들이 보이는 것이죠.

초고를 묵히는 이유는 시간이 지나서 읽어보면 글이 좀 더 객관적으로 보이기 때문인데요. 쓰자마자 바로 퇴고에 임하면 자신의 글에 함몰되어 무엇이 잘못되었는지 눈에 잘 들어오지 않습니다. 만약 출간 시간이 촉박하다면 묵힘의 시간 없이 원고를 바로 퇴고해야겠죠. 그래도 좋습니다. 익지 않은 생김치를 먹을 수도 있고 뜸이 들지 않은 밥을 먹을 수도 있어요. 하지만 더 맛있는 김치를 먹기 위해 숙성시키고, 더 부드럽게 퍼진 밥을 먹기 위해 뜸을 들이는 것처럼 더 좋은 글을 쓰기 위해 묵히는 것입니다. 단 하루라도 좋으니 써놓은 글은 일단 묵혀보세요. 묵히면 비로소 글이 보입니다.

07

글의 완성도를 높이는 퇴고의 기술

초고를 쓰고 묵힘의 시간까지 보냈다면 이제 퇴고를 할 차례입니다. 퇴고는 쓴 글을 고치고 지우고 다듬는 과정인데요. 우리가 인쇄 매체를 통해 접하는 모든 글은 퇴고를 거친 글입니다. 어떤 작가도 일필휘지로 글을 써서 완성하는 사람은 없어요. 당신이 첫눈에 반한 글이 있다면 그 글도 역시 초고를 수없이 수정하고 읽어보고 매만진 글입니다.

퇴고의 필요성을 역설할 때 어니스트 헤밍웨이의 "초고는 걸레다"라는 말을 많이 인용하곤 하는데요. 초고와 퇴고의 간극을 느낄 수 있는 말이자, 초고에 대한 부담을 덜어주는 말이기도 합니다. 그는 이런 말도 했습니다.

"모든 문서의 초안은 끔찍하다. 나는《무기여 잘 있어라》를 마지막 페이지까지 총 39번 새로 썼다."

쓰고 지우고를 수십 번 반복하면서 명작이 탄생하는 것처럼 당신의 초고도 쓰고 지우고를 반복하면 좋은 글로 변신할 것입니다.

'퇴고는 글을 지우는 과정'이라고 합니다. 여기서 말하는 지우는 과정은 썼다 지우고 또 다시 쓰는 과정을 말하죠. 이를 '지워 없애는 과정'으로 이해하기도 합니다. 오래전 도서관에서 무심코 읽었던 한 잡지 글에서 이름을 대면 알만한 어떤 작가는 글을 쓸 때 써야 할 원고의 3배를 쓴다. 그런 후 원고를 지우고 또 지워 꼭 필요한 문장만 남긴 후 탈고를 한다고 해서 의아하게 생각했던 적이 있습니다. A4 한 장을 쓰기 위해 석 장을 쓴다는 말인데요. 나중에 필자의 첫 책 원고를 출판사 요청으로 분량을 줄이는 과정에서 그 작가의 말이 생각났습니다. 문장을 털어낼 때마다 글이 더 정갈하고 깔끔해지는 것을 확인할 수 있었으니까요.

하지만 퇴고는 지우기만 하는 것이 아닙니다. 글을 전체적으로 꼼꼼하게 살펴보면서 필요 없는 단어나 문장은 없애고, 부족한 부분은 채우며, 이상한 표현은 바로잡고, 주제에서 벗어나는 내용은 없는가 등을 면밀하게 검토하는 과정입니다. 이렇게 함으로써 환골탈태하는 내 글과 마주하는 시간입니다. 자신의 글을 만족할 때까지 고치면서 글에 대한 안목과 내공을 쌓는 과정입니다.

퇴고는 많이 할수록 근거가 보완되고 표현이 적절하게 바뀝니다. 따라서 한 번으로 끝내지 않습니다. 먼저 글의 전체적인 흐름을 중심으로 제목과 이를 뒷받침하는 사례와 근거가 적절한지 살핍니다. 다음은 단락과 단락의 연결이 매끄러운지, 문장이 막힘없이 잘 읽히는지 눈여겨봅니다. 또 맞춤법과 띄어쓰기가 맞는지, 문장부호가 적절한지, 출처 표기가 빠지지 않았는지도 검토합니다.

퇴고할 때는 가능한 한 소리 내어 읽어봅니다. 시(詩)뿐만 아니라 일반 글에도 리듬과 흐름이 있는데요. 글이 부드럽게 읽히는지, 읽다가 목에 걸리는 부분이 없는지 확인하는 단계입니다. 내 글을 소리 내어 읽으면 독자의 위치에서 글을 객관적으로 보는 효과가 있는데요. 초고의 미흡한 부분을 매의 눈으로 발견할 수 있는 이점이 있습니다. 읽다가 멈추는 문장이 있다면 바로 그 지점이 고쳐야 할 부분입니다.

다음 몇 가지는 퇴고할 때 반드시 유의해야 할 점입니다.

주어와 술어의 호응을 살핀다

글은 술술 잘 읽혀야 합니다. 막힘없이 읽히는 문장은 주어와 술어의 호응이 잘 맞춰진 글입니다. 그런데 글을 읽다가 '무슨 말이지?' 하고 걸리는 부분이 있으면 비문일 확률이 큽니다. 주어와 술어의 호응이 맞지 않는 문장이지요.

> "필레아페페가 이렇게 퍼질 수 있었던 것은 다산의 여왕이라고 불릴 정도로 번식이 왕성하다."

어딘지 이상하죠? 어려운 문장이 아닌데 의미가 잘 와닿지 않습니다. 왜 그럴까요? 주술관계가 맞지 않기 때문이에요. '~ 것은 ~ 이 왕성하다' 는 호응관계가 맞지 않죠. '~ 것은 ~ 때문이다' 로 해야 합니다. 따라서 이 문장은 다음처럼 고쳐야 잘 읽힙니다.

"필레아페페가 이렇게 퍼질 수 있었던 것은 다산의 여왕이라고 불릴 정도로 번식이 왕성하기 때문이다."

긴 문장은 짧게 쪼갠다

문장이 길면 무슨 말인지 이해가 잘 안될뿐더러 글쓴이가 횡설수설하는 느낌을 받게 됩니다. 문장이 늘어져서 긴장감도 없지요. 긴 문장은 되도록 쪼개서 단문으로 만듭니다. 문장이 길어지면 쉼표를 찍기도 하지만 쉼표는 쉼표일 뿐입니다. 물론 짧은 문장과 긴 문장을 섞어서 쓸 때 글이 리드미컬하게 읽히는데요. 글쓰기 초보인 경우는 일단 짧게 쓰는 것부터 연습한 후 다양한 문장에 도전해도 늦지 않습니다.

"어릴 적 고무신을 벽에 대고 문지르다 구멍이 나서 엉엉 울었고, 엄마는 웃으시며 나를 안아주셨다."

이 문장을 두 개의 문장으로 나눠 보겠습니다.

"어릴 적 고무신을 벽에 대고 문지르다 구멍이 났다. 엉엉 울고 있는 나를 엄마는 웃으며 안아주셨다."

첫 번째 문장보다 두 번째 문장에 긴장감이 느껴집니다. 영화나 드라마를 볼 때 긴장감이 있어야 다음 장면이 궁금해지듯 글도 긴장감이 있어야 계속 읽게 됩니다.

단어의 반복을 피한다

글을 쓰다 보면 같은 어휘를 반복하는 경우가 있습니다. 단어 하나만 정리해주어도 글이 훨씬 깔끔해집니다.

"우리 가족은 겨울마다 스키를 즐기는 가족이다."

'가족' 이 두 번 들어가 있죠.

"우리 가족은 겨울마다 스키를 즐긴다."

하나를 빼니 문장이 오히려 단정해집니다.

중복되는 표현인지 살핀다

주로 한자어 표현에서 습관처럼 사용함으로써 중언부언하는 경우입니다.

"식당을 미리 예약했다."

예약(豫約)에는 미리가 포함되어 있습니다. 따라서 '미리 예약했다' 에는 '미리' 가 두 번 들어가 있습니다. 따라서 "식당을 예약했다."라고 하면 됩니다.

이 외에도 퇴고 시 유의해야 할 점들이 많은데요. 작가마다 책마다 대동소이합니다. 다음은 퇴고할 때 중점적으로 검토해야 할 사항을 정리했어요. 체크리스트처럼 만들어서 책상 앞에 붙여놓고 수시로 확인하면서 퇴고에 임하면 당신의 글은 완성도가 높아질 것입니다.

퇴고할 때 검토해야 할 체크리스트

- 전체적인 내용이 주제와 잘 맞는가.
- 비문은 없는가.
- 주어와 목적어 누락은 없는가.
- 문장을 더 나눌 수 없는가.
- 반복되는 어휘가 없는가.
- 더 적절한 단어는 없는가.
- 중복되는 표현이 없는가.
- 문장과 문단이 자연스럽게 연결되는가.
- 문장과 문단 순서를 바꿀 곳은 없는가.
- 수식어의 위치가 맞는가.
- 서술어는 간략하고 다양한가.

- 능동형으로 바꿀 수 있는 피동형은 없는가.
- 부연 설명이 필요한 문장은 없는가.
- 소리 내어 읽었을 때 막히는 부분은 없는가.
- 맞춤법, 띄어쓰기, 부호가 맞는가.
- 인용이 적절한가.
- 전하고자 하는 메시지가 분명한가.

퇴고해 보면 압니다. 퇴고도 글쓰기의 연장이라는 것을. 스스로 만족할 때까지 다듬어가는 과정에서 글의 순서만 바꿔도 글이 훨씬 좋아지는 것을. 어휘 하나만 바꿔도 글의 전달력이 향상되는 것을. 초고가 좋은 글을 쓰기 위한 시작이라면 퇴고는 좋은 글로 변해가는 모습을 지켜보는 글쓰기의 완성입니다. 매만질수록 의도했던 모양대로 다듬어지는 조각 작품을 보는 것처럼 기쁨과 환희를 느끼는 과정이 바로 퇴고입니다.

08

미리 보기 프롤로그, 화룡점정 에필로그

첫 책을 쓰면서 목차대로 본문을 다 쓰면 되는 줄 알았을 겁니다. 한 문장 한 문장을 마치 남아있는 한 방울의 피를 짜내는 심정으로 본문을 모두 쓰고 났을 때 밀려오는 뿌듯함과 성취감은 '세상을 다 가진 자의 마음이 이러할까?' 말로 형용할 수 없을 것입니다. 팔을 크게 뻗고 "다 됐다!"를 외치고 싶을 텐데요. 아뿔싸! 기뻐하기에는 아직 이릅니다. 프롤로그와 에필로그가 남아있어요. 특히 프롤로그는 매우 중요하다는데 어떻게 써야 할지 걱정이 앞을 가리지 않나요?

미리 보기 프롤로그

프롤로그는 많은 시간을 들여 꼼꼼하게 써야 합니다. 책에 대한 전반적인 내용과 함께 저자가 강조하는 핵심 메시지가 있기 때문이죠. 독자가 책을 펼쳐 가장 먼저 읽는 부분이기도 합니다. 자신에게 꼭 필요한 책인지 아닌지 결정하는 마지막 단서이기도 하고요. 책을 구매할 때 보통 제목과 부제를 보고, 목차를 살핀 후 구매를 결정하지만, 책 내용을 더 꼼꼼히 살피기 위해 프롤로그를 읽기도 하거든요.

프롤로그는 본문보다 먼저 쓰라는 사람도 있고, 본문을 다 쓰고 난 다음에 쓰라는 사람도 있습니다. 둘 다 맞습니다. 프롤로그는 책을 왜 쓰게 되었는지 이유와 개략적인 책 내용을 밝혀야 하는데요. 책을 쓰게 된 이유는 본문을 쓰기 전에 콘셉트를 정하고 제목과 목차를 구상할 때 쓰면 좋아요. 책을 왜 쓰는지 동기가 확실하고 기억이 생생할 때 써야 잘 쓸 수 있거든요. 하지만 책을 쓰다 보면 원래 쓰고자 했던 의도와 약간 틀어지는 경우가 있습니다. 이때는 책 집필을 끝낸 후에 써야 책에 대한 내용을 보다 정확히 안내할 수 있어요. 따라서 프롤로그는 본문보다 먼저 쓰기 시작해서 초고를 완성하고 난 후 마무리하기를 권합니다.

필자 역시 책을 쓰기 시작하면서 프롤로그를 조금씩 써나갔습니다. 가령 책을 쓰게 된 동기는 책 쓰기 시작 단계에서 강하게 작용합니다. 바로 그때 기록을 해놓아야 합니다. 책 쓰느라 몇 개월이 지나면 당시의 생각이 희미해지거든요. 책을 쓰는 도중에도 프롤로그에 해당하는 내용이 생각날 때마다 수정 보완했습니다. 초고를 완성하고 난 다음에는 전체적으로 다듬었지요. 즉 프롤로그는 책 쓰기와 함께 시작해서 책 초고를 다 쓰고 난 다음에 완성했습니다.

프롤로그는 책 전체에 대한 사전 정보를 알려주는 머리말이며 미리 보기입니다. 따라서 프롤로그에 들어가야 할 내용은 다음과 같습니다.

• 이 책을 쓰게 된 이유

이 부분은 반드시 밝혀야 합니다. 저자가 책을 읽을 독자에게 베푸는 친절이자 배려입니다. 독자는 저자와 책에 대한 신뢰를 가질 수 있고요.

• 책의 구성 내용

"1장에서는 '어떠어떠한' 이야기를 하고, 2장에서는 ……." 와 같이 책의 전체적인 구성과 내용을 간략하게 안내해 줍니다. 독자가 목차의 제목만으로 알 수 없는 책 내용을 미리 확인할 수 있습니다. 저자에 따라서 책 내용을 전체적으로 뭉뚱그려서 안내하기도 합니다.

• 책에서 전하고자 하는 핵심 메시지

저자가 전하고자 하는 핵심 메시지를 밝힙니다. 독자는 책을 완독하지 않아도 저자의 의도를 미리 알 수 있고, 저자의 메시지를 염두에 두면서 읽기 때문에 깊이 있는 독서를 가능하게 해 줍니다.

• 타깃 독자와 읽고 난 후 얻을 이익

이 책의 독자는 '~한 사람'이 읽으면 좋다는 등의 타깃 독자를 밝히고, 이 책을 읽고 나면 어떤 점이 좋다는 등의 책을 읽고 난 후 독자가 얻어갈 이익을 적습니다. 저자는 독자가 지출한 책값이 아깝지 않도록 해야 할 의무가 있거든요. 물론 판단은 독자의 몫이지만.

"이 책은 아직 책과 친해지지 않은 사람, 책 읽기의 새로운 세상을 경험해보지 못한 사람이 읽기를 권한다. 이제 막 책을 읽기 시작한 사람도 읽어보면 좋겠다.
책을 읽다 보면 자기가 처한 현실을 극복할 내면의 힘을 기를 수 있고 자신이 지향하는 미래를 향해 나아갈 용기를 얻을 수 있다. 어떤 상황에서도 자신을 지키고 일으킬 수 있는 것은 세상에 책만 한 게 없다."

– 백명숙, 『책과 잘 노는 법』, 프롤로그 중에서

• 마지막 탈고 날짜와 저자 이름

대부분 탈고하는 연월일을 기준으로 적습니다. 하지만 책 인쇄날짜는 그보다 늦어지므로 인쇄날짜에 맞추거나, 년 월까지 만 적거나, 계절 정도로 표시합니다. 사용하는 호가 있다면 이름 앞에 함께 써줘도 좋아요. 이름을 밝히지 않고 '지은이' 라고 표시하기도 합니다만 이왕이면 저자의 이름을 밝히는 것이 좋습니다. 첫 책의 경우 이름은 더더욱 자신의 책에 대한 책임을 진다는 의미가 있습니다. 책에 내 이름을 당당히 밝힐 수 있는데 굳이 숨길 필요도 없고요.

2023년 6월 30일 홍길동

2023년 6월 홍길동

2023년 여름 홍길동

프롤로그 쓰는 법을 다시 정리해 볼게요. 책을 쓰기 시작하면서부터 책을 다 쓸 때까지 조금씩 써나가는 것을 추천합니다. 예를 들면 책을 쓰게 된 동기는 미리 써놓는 것이 좋습니다. 책 집필 기간이 수개월에서 수년이 걸릴 수 있는데, 이런 경우 처음에 가졌던 생각들이 먼지처럼 흩어져버릴 수 있거든요. 즉 프롤로그는 책을 집필하기 시작해서 끝낼 때까지 전 과정에 걸쳐 '생각과 정보'를 수시로 업데이트하고, 책 원고를 마무리하면서 최종 완성합니다. 그래야 책에 대한 정보를 충분히 담을 수 있어요.

화룡점정 에필로그

에필로그는 책 원고를 끝내고 난 뒤 아직 글쓰기 감각이 살아 있을 때 쓰는 것이 좋습니다. 책을 다 쓰고 난 후 맺음말을 쓴다고 생각하면 되는데요. 책 내용을 포괄적으로 다시 마무리한다는 생각으로 쓰면 됩니다. 책 내용을 목차에 근거하여 쓰다 보면 간혹 독자에게 꼭 하고 싶은 말을 빠뜨릴 수 있어요. '이 말만은 꼭 해주고 싶어.' 이런 내용을 에필로그에 추가합니다. 또 책을 쓰는 과정에서 일어난 특별한 에피소드, 도움받은 일, 감사의 말, 책을 쓰고 나서 하고 싶은 일, 앞으로의 다짐 등도 언급합니다.

"책을 읽는 것도 불모지나 다름없는 내 생각의 밭에 씨앗을 뿌리는 것과 같다. 한 권 한 권 읽는 책 속의 어떤 문장들이 씨앗이 되어 나만의 생각으로 움트는 과정이다. 물론 처음에는 아무런 변화를 느끼지 못할 수 있다. 그러나 책을 계속 읽다 보면 어느 순간 마음 깊은 곳에서 무엇인가 뚫고 올라오는 것을 느낀다. 바로 내면에서 은밀하게 일어나는 움직임이며 희열이다. 단언컨대 책을 읽어본 사람만이 아는 기쁨이다."

– 백명숙, 『책과 잘 노는 법』, 에필로그 중에서

혹자는 에필로그를 꼭 쓸 필요는 없다고 합니다. 하지만 가능하면 쓰는 것을 추천합니다. 책 본문에 이어서 에필로그까지 쓰면 비로소 책 내용이 완결되는 기분을 느낄 수 있습니다. 필자가 자주 가는 식당이 있어요. 상차림 중에 보쌈이 있습니다. 보쌈을 담은 접시에는 늘 제철에 피는 들꽃 한 송이를 플레이팅해서 내놓는데요. 에필로그는 접시에 잘 삶아 익힌 돼지고기와 김치와 무말랭이 무침을 담고 마지막으로 장식하는 들꽃 한 송이가 아닐까요? 없어도 되지만 있어서 눈요기도 되고 입맛을 살려주거든요.

에필로그는 용의 그림에 눈동자를 그려 넣음으로써 살아 움직이게 하듯 내 책에 혼신의 마음을 다해 점을 찍는 작업입니다. 책 집필을 마무리하는 순간이자 내 책에 마지막 숨을 불어넣는 일이지요. 자, 당신의 책이 살아서 독자들의 가슴에 파문을 일으키게 할 에필로그. 그래도 생략하시겠습니까?

09

저자 프로필 진솔하되 당당하게

책 표지를 펼치면 왼쪽 날개에 사진과 함께 저자소개가 있습니다. 책을 구성하는 독립 페이지는 아니지만 해당 책을 누가 썼는지 알 수 있는 유일한 부분입니다. 읽고 싶어서 구입한 책의 저자가 궁금한 것은 당연한 일이죠. '이 책을 쓴 사람은 어떤 사람일까?' 저자소개를 읽으며 설레기도 합니다. 저자가 어떤 사람인지 알고 났을 때 책에 대한 신뢰가 더 생기는 것도 독자로서 인지상정입니다.

당신의 책이 출간되었을 때 책날개에서 환하게 웃고 있는 자기 자신을 바라보는 느낌은 어떨까요? 그간의 활동 이력과 현재 하는 일과 앞으로의 계획 등이 담긴 프로필을 읽고 있는 모습도 상상해 보세요. 저자로서 가슴 떨리는 순간이 아닐까요? 파도에 이는 잔잔한 물결처럼 기분 좋은 떨림을 가능한 한 오래 느끼고 싶을 겁니다.

프로필은 책 본문과 에필로그, 프롤로그까지 다 쓰고 난 후에 마지막으로 쓰는 당신 자신에 관한 내용입니다. 하여 당신 책을 읽을 독자들에게 당신을 최대한 드러내 보여야 합니다. 이 책을 쓸 만한 자격이 있는 사람이라고 믿음을 줘야 합니다.

프로필을 쓸 때 예전에는 저자가 어느 대학을 나왔고 무슨 직업을 가졌는지 이력서처럼 나열하는 방식으로 썼는데요. 요즘은 그렇게 쓰지 않고 스토리텔링 식으로 씁니다. 책을 쓴 저자의 학벌이나 직업보다 저자가 쓴 책과 관련하여 얼마나 잘 알고 썼는지를 더 중요하게 생각하거든요. 물론 전공과 직업이 책과 관련된다면 밝혀야겠죠. 따라서 프로필에는 다음과 같은 내용이 들어가야 합니다.

과거에 했던 일, 현재 하는 일, 앞으로 하고 싶은 일과 계획을 씁니다. 책과 관련된 특별한 경력이나 경험도 빠뜨리면 안 됩니다. 이 부분에서 저자에 대한 신뢰도가 깊어지기 때문인데요. 잠깐 여기서 짚어볼 점은 저자가 자기 자랑하듯 프로필을 나열하는 것보다, 제삼자가 객관적인 입장에서 저자를 소개하는 식으로 풀어가면 거부감 없는 저자소개가 됩니다. 다음은 대한민국의 대표 글쓰기 작가 강원국의 《강원국의 글쓰기》에 수록된 스토리텔링 식 프로필입니다.

"남의 글을 쓰다가 남의 회사를 다니다가 우연히 출판사에 들어갔고, 난데없이 베스트셀러 저자가 돼서 지금은 저자 겸 강연자로 살고 있다.

처음부터 글을 잘 쓴 건 아니었다. 30대 중반까지는 증권회사 홍보실 사원으로 열심히 저녁 약속을 쫓아다녔다. 대우그룹 회장의 연설을 쓰다가 김대중 정부 때 연설비서관실로 옮겼다. 그리고 운명처럼 노무현 대통령 연설비서관을 맡았다. 지금도 책에 서명을 할 때에는 '김대중처럼 노무현같이'를 즐겨 쓴다. 누구처럼 누구같이 살고 싶었으나 결코 쉬운 일은 아니었고, 지금은 그냥 글 쓰는 사람 강원국으로 살고 있다.

걸출한 사람들 사이에서 살다 보니 평생 신경성 위염을 달고 지냈다. 글쓰기로 지식 자작농을 이룬 뒤에도 마찬가지다. 그런 만큼 어떻게 써야 창피는 안 당할지, 어떻게 써야 괜찮다는 소리를 들을지 궁리하는 것 하나는 일등이다.

이 책은 그 궁리의 상처들이자 축적물이다. 결론은 '투명한 인간으로 살지 않으려면 내 글을 써야 한다'는 거다. 이 책에 그 헤아림과 방법에 관한 내 생각을 담고자 했다. 이제는 나답게, 강원국답게 살아간다."

첫 책을 쓴 저자로서 프로필에 쓸 말이 빈약하다고 생각할 수 있습니다. 위에서 언급한 것처럼 저자의 이력은 독자에게 책의 신뢰감을 주는 중요한 사항인데요. 다른 저자들의 화려한 활동에 비해 내 이력과 경력이 변변찮을 때, 이 지점에서 대부분은 자신감이 확 떨어집니다. 심지어 원고를 출판사에 넘기고 나서도 초라한 프로필로 고민하는데요. 이때 자신을 객관적인 시선으로 바라볼 필요가 있습니다. 요즘 세상에 누구나 책을 쓸 수 있지만 아무나 책을 쓰지 못합니다. 그런데 당신은 책을 썼지요. 그 자체만으로도 대단한 일을 해낸 것입니다. 그런 당신의 이력을 자세히 들여다보면 분명히 남과 다른 점이 있을 것입니다. 그 부분을 강조하면 됩니다.

필자도 첫 책을 쓰고 프로필을 쓸 때 고민을 꽤 했습니다. 사서로 대학도서관에서 오랜 세월 근무한 경험 외에 별다른 경력이 없었기 때문이죠. 그때 필자의 멘토 역할을 해주신 분께서 말했어요. "무슨 일이든 한 가지 일에서 10년이 되면 말할 자격이 된다. 그런데 당신은 30년 넘게 일했다. 더 이상 무슨 말이 필요한가?"라고. 프로필은 화려한 경력보다 자신의 책에 책임을 질 수 있는 진솔한 삶의 태도라는 것을 깨달았습니다. 다음은 필자의 첫 책 《책과 잘 노는 법》에 당당하게 쓴 프로필입니다.

"사서를 천직으로 여기며 전주대학교 도서관에서 30년 넘게 책과 함께 호흡했다. 우연한 기회에 독서모임 리더스클럽을 알게 되어 책 읽기의 세계에 눈을 떴다. 그곳에서 참 행복을 맛보았다. 책 읽기는 삶의 전환점이 되어서, 정년 이후 사람들과 함께 읽고 쓰는 즐거움을 나누며 책의 가치를 주변에 알리고 싶은 소망을 품게 되었다. 업무시간 외 다반사는 읽기를 즐기고 쓰기를 연마하면서 원하는 삶을 향해 전진하고 있다."

첫 책을 쓰고 있는 당신, 프로필에 무슨 말을 써야 할지 고민되나요? 당신 삶의 여정을 책 내용과 관련지어서 진정성 있는 스토리로 알려주세요. 겉만 화려하고 알맹이 없는 다수의 경력보다 단 하나의 오랜 경험이 더 깊은 인상을 남깁니다. 진솔하되 당당하게 쓰세요.

PART
05

책을 쓰는 당신

글의 격을 높여줄 글쓰기 팁

01

문장부호 무시하면 안 돼

문장부호는 국어사전에 의하면 "글에서 문장의 구조를 잘 드러내거나 글쓴이의 의도를 쉽게 전달하기 위하여 쓰는 여러 가지 부호"라고 되어 있습니다. 문장부호가 중요한 이유는 어떻게 사용하는가에 따라 글의 해석이 달라질 수 있기 때문인데요. 글을 통해 글쓴이와 독자와의 정확한 소통을 위해 문장부호에 대한 올바른 이해와 활용이 필요합니다. 우리는 글쓴이임과 동시에 독자이기 때문이죠.

책 쓰기에서 초고를 쓸 때 문법을 무시하라고 합니다. 이는 초고를 빠르게 완성하기 위함이지 문법을 아무렇게나 적용해도 된다는 말은 아닙니다. 초고에서 정확한 문장부호를 사용하면 퇴고할 때 원고의 다른 부분에 더 집중할 수 있습니다.

여기서는 책 쓰기에서 유의해야 할 문장부호를 중심으로 올바른 활용법에 대해 알아보겠습니다. 각 문장부호 활용 사례는 국립국어원에서 배포한 어문 규정 중 한글맞춤법의 부록에 수록된 내용을 참고했습니다.

■ 마침표(.)

마침표는 문장부호의 첫걸음입니다. 친구의 편지를 읽다가 숨이 끊어졌다는 우스개 이야기가 있는데요. 이유를 알아보니 그 편지에 마침표와 쉼표가 하나도 없었다는 겁니다. 마침표는 가장 쉬우면서도 넣어야 할지 말아야 할지 고민되는 부분이 있는데요, '마침표' 대신 '온점'이라고도 쓸 수 있으며 사용법은 다음과 같습니다.

• 문장의 끝에 쓴다.

가는 말이 고와야 오는 말이 곱다.

• 직접 인용한 문장의 끝에는 마침표를 쓰는 것을 원칙으로

하되, 쓰지 않는 것을 허용한다.

그는 "지금 바로 떠나자."라고 말하며 서둘러 짐을 챙겼다.(원칙)

그는 "지금 바로 떠나자"라고 말하며 서둘러 짐을 챙겼다.(허용)

• 용언의 명사형이나 명사로 끝나는 문장에는 쓰는 것을 원칙으로 하되, 쓰지 않는 것을 허용한다.

결과에 연연하지 않고 끝까지 최선을 다하기.(원칙)

결과에 연연하지 않고 끝까지 최선을 다하기(허용)

• 다만 제목이나 표어에는 쓰지 않음을 원칙으로 한다.

압록강은 흐른다

꺼진 불도 다시 보자

■ 물음표(?)

물음표 역시 기본적인 문장부호입니다. 그런데 책을 쓰다가 목차 제목에 물음표를 써야 할지 말아야 할지 헷갈릴 때가 있죠. 물음표, 그 확실한 사용법을 알아보겠습니다.

• 의문문이나 의문을 나타내는 어구의 끝에 쓴다.

점심 먹었어?

• 한 문장 안에 몇 개의 선택적인 물음이 이어질 때는 맨 끝의 물음에만 쓰고, 각 물음이 독립적일 때는 각 물음의 뒤에 쓴다.

너는 중학생이냐, 고등학생이냐?

너는 여기에 언제 왔니? 어디서 왔니? 무엇 하러 왔니?

• 의문의 정도가 약할 때는 물음표 대신 마침표를 쓸 수 있다.

이것이 과연 내가 찾던 행복일까.

• 제목이나 표어에는 쓰지 않음을 원칙으로 한다.

역사란 무엇인가

아직도 담배를 피우십니까

• 특정한 어구의 내용에 대하여 의심, 빈정거림 등을 표시할 때, 또는 적절한 말을 쓰기 어려울 때 소괄호 안에 쓴다.

우리 집 강아지가 가출(?)을 했어요.

30점이라, 거참 훌륭한(?) 성적이군.

■ 느낌표(!)

느낌표 역시 문장 안에서 다양하게 사용할 수 있습니다. 문장 안에서 감탄이나 놀람, 부르짖음, 명령 등 강한 느낌으로 등장인물과 글쓴이의 감정을 자유롭게 표현할 수 있는 부호이죠. 다만 문장 안에서 느낌표를 남발하지 않아야 합니다.

• 감탄문이나 감탄사의 끝에 쓴다.

이거 정말 큰일이 났구나!

아! 아름다운 우리 강산

• 감탄의 정도가 약할 때는 느낌표 대신 쉼표나 마침표를 쓸 수 있다.

날씨가 참 좋군!

날씨가 참 좋군.

• 특별히 강한 느낌을 나타내는 어구, 평서문, 명령문, 청유문에 쓴다.

청춘! 이는 듣기만 하여도 가슴이 설레는 말이다.

이야, 정말 재밌다!

지금 즉시 대답해!

앞만 보고 달리자!

• 물음의 말로 놀람이나 항의의 뜻을 나타내는 경우에 쓴다.

이게 누구야!

• 감정을 넣어 대답하거나 다른 사람을 부를 때 쓴다.

네, 선생님!

■ 쉼표(,)

쉼표는 문장 안에서 짧게 숨을 쉬는 부호로써 그 쓰임이 다양합니다. 때로 쉼표를 문장 안에서 남용하는 경우가 있는데요. 글의 흐름과 전달이 매끄럽지 못해 가독성을 떨어뜨립니다. 문장부호 중 가장 많은 용례를 가진 쉼표의 사용법은 다음과 같습니다.

• 같은 자격의 어구를 연결할 때 그 사이에 쓴다.

그림을 그릴 때는 연필, 물감, 도화지가 필요하다.

• 다만, 쉼표 없이도 열거되는 사항임이 쉽게 드러날 때는 쓰지 않을 수 있다.

아버지 어머니께서 함께 오셨어요.

• 짝을 지어 구분할 때 쓴다.

닭과 지네, 개와 고양이는 상극이다.

• 이웃하는 수를 개략적으로 나타낼 때 쓴다.

5, 6세기

• 열거의 순서를 나타내는 어구 다음에 쓴다.

첫째, 몸이 튼튼해야 한다.

• 문장의 연결 관계를 분명히 하고자 할 때 절과 절 사이에 쓴다.

콩 심은 데 콩 나고, 팥 심은 데 팥 난다.

• 부르거나 대답하는 말 뒤에 쓴다.

지은아, 이리 좀 와 봐.

네, 지금 가겠습니다.

• 한 문장 안에서 앞말을 '곧', '다시 말해' 등과 같은 어구로 다시 설명할 때 쓴다.

책의 서문, 곧 머리말에는 책을 지은 목적이 드러나 있다.

• 문장 앞부분에서 조사 없이 쓰인 제시어나 주제어의 뒤에 쓴다.

열정, 이것이야말로 젊은이의 가장 소중한 자산이다.

• 한 문장에 같은 의미의 어구가 반복될 때 앞에 오는 어구 다음에 쓴다.

그의 애국심, 몸을 사리지 않고 국가를 위해 헌신한 정신을 본받아야 한다.

• 도치문에서 도치된 어구들 사이에 쓴다.

그러면 안 된다, 적어도 우리가 친구라면.

• 바로 다음 말과 직접적인 관계에 있지 않음을 나타낼 때 쓴다.

나는 어제 내가 좋아하는 현주의 동생 명주를 만났다. → '나'가 좋아하는 사람은 '현주'

나는 어제 내가 좋아하는, 현주의 동생 명주를 만났다. → '나'가 좋아하는 사람은 '명주'

• 문장 중간에 끼어든 어구의 앞뒤에 쓴다.

나는, 솔직히 말하면, 그 말이 별로 탐탁지 않아.

• 이때 쉼표 대신 줄표를 쓸 수 있다.

나는 — 솔직히 말하면 — 그 말이 별로 탐탁지 않아.

• 끼어든 어구 안에 다른 쉼표가 들어 있을 때는 쉼표 대신 줄표를 쓴다.

이건 내 것이니까 — 아니, 내가 처음 발견한 것이니까 — 절대로 양보할 수 없다.

• 특별한 효과를 위해 끊어 읽는 곳을 나타낼 때 쓴다.

책, 내가 정말 쓸 수 있을까?

• 짧게 더듬는 말을 표시할 때 쓴다.

그런 건 새, 생각조차 하지 않았습니다.

■ 가운뎃점(·)

• 열거할 어구들을 일정한 기준으로 묶어서 나타낼 때 쓴다.

민수 · 영희, 선미 · 준호가 서로 짝이 되어 윷놀이를 하였다.

• 짝을 이루는 어구들 사이에 쓴다.

우리는 그 일의 참 · 거짓을 따질 겨를도 없었다.

빨강 · 초록 · 파랑이 빛의 삼원색이다.

• 이때 가운뎃점을 쓰지 않거나 쉼표를 쓸 수도 있다.

우리는 그 일의 참, 거짓을 따질 겨를도 없었다.

빨강, 초록, 파랑이 빛의 삼원색이다.

■ 빗금(/)

• 시의 행이 바뀌는 부분임을 나타낼 때 쓴다.

산에 / 산에 / 피는 꽃은 / 저만치 혼자서 피어 있네

• 연이 바뀜을 나타낼 때는 두 번 겹쳐 쓴다.

산에는 꽃 피네 / 꽃이 피네 / 갈 봄 여름 없이 / 꽃이 피네 //

산에 / 산에 / 피는 꽃은 / 저만치 혼자서 피어 있네

■ 큰따옴표(“ ”)

• 글 가운데서 직접 대화를 표시할 때 쓴다.

"전기가 없었을 때는 어떻게 책을 보았을까?"

"그야 등잔불을 켜고 보았겠지."

• 말이나 글을 직접 인용할 때 쓴다.

"사람은 사회적 동물이다."라고 말한 학자가 있다.

■ 작은따옴표(' ')

• 인용한 말 안에 있는 인용한 말을 나타낼 때 쓴다.

그는 "여러분! '시작이 반이다.' 라는 말 들어보셨죠?"라고 말하며 강연을 시작했다.

• 마음속으로 한 말을 적을 때 쓴다.

올해에는 '책을 꼭 쓰고 말겠어' 하고 생각하였다.

• 문장에서 중요한 부분을 강조하기 위해 쓴다.

'배부른 돼지' 보다는 '배고픈 소크라테스' 가 되겠다.

■ 겹낫표(『 』)와 겹화살괄호(《 》)

• 책의 제목이나 신문 이름 등을 나타낼 때 쓴다.

우리나라 최초의 민간 신문은 1896년에 창간된 『독립신문』이다.

윤동주의 유고 시집인 《하늘과 바람과 별과 시》에는 31편의 시가 실려 있다.

• 겹낫표나 겹화살표 대신 큰따옴표를 쓸 수 있다.

우리나라 최초의 민간 신문은 1896년에 창간된 "독립신문"이다.

윤동주의 유고 시집인 "하늘과 바람과 별과 시"에는 31편의 시가 실려 있다.

■ 홑낫표(「 」)와 홑화살괄호(〈 〉)

• 소제목, 그림이나 노래와 같은 예술 작품의 제목, 상호, 법률, 규정 등을 나타낼 때 쓴다.

사무실 밖에 「해와 달」이라고 쓴 간판을 달았다.

이 곡은 베르디가 작곡한 「축배의 노래」이다.

〈한강〉은 사진집 《아름다운 땅》에 실린 작품이다.

• 홑낫표나 홑화살괄호 대신 작은따옴표를 쓸 수 있다.

사무실 밖에 '해와 달' 이라고 쓴 간판을 달았다.

'한강' 은 사진집 "아름다운 땅"에 실린 작품이다.

■ 줄임표(……)

• 할 말을 줄였을 때 쓴다.

"어디 나하고 한번……." 하고 민수가 나섰다.

• 말이 없음을 나타낼 때 쓴다.

"빨리 말해!"

"……."

• 문장이나 글의 일부를 생략할 때 쓴다.

초등학교를 졸업할 때까지 그는 수없이 많은 책을 읽었다.
…… 책들은 그가 알고 있는 유일한 피난처였다.

• 머뭇거림을 보일 때 쓴다.

우리는 모두…… 그러니까…… 예외 없이 눈물만…… 흘렸다.

• 점은 가운데에 찍는 대신 아래쪽에 찍을 수도 있다.

"어디 나하고 한번......" 하고 민수가 나섰다.

• 여섯 점을 찍는 대신 세 점을 찍을 수도 있다.

"어디 나하고 한번…." 하고 민수가 나섰다.

지금까지 문장부호를 살펴보았습니다. 문장부호는 자칫 잘 안다고 생각하지만, 습관에 의해 잘못 사용하는 경우가 허다합니다. 문장부호의 정확한 활용법을 숙지하고 글을 쓴다면 당신의 글은 모자부터 구두까지 잘 갖춰진 정장을 입은 것처럼 외형적으로도 완성도가 매우 높아질 것입니다.

02

띄어쓰기 잘못하면 아기다리 고기다리

학창 시절, 툭하면 “아기 다리 고기 다리 던~ ”을 외쳤습니다. 가령 점심시간이 되면 “아기 다리 고기 다리 던 점심” 하면서 깔깔거리곤 했죠. 이는 “아, 기다리고 기다리던 데이트”를 띄어쓰기를 무시하고 읽으면 “아기 다리 고기 다리 던데이트”로 바뀌는 것에 재미를 느껴 다른 말에 이 문장을 패러디하며 즐거워했던 것입니다.

띄어쓰기는 쉬운 것 같으면서도 막상 띄어야 할지 말아야 할지 헷갈릴 때가 많습니다. 물론 요즘은 ‘네이버 맞춤법 검사’나 ‘부산대학교 한국어 맞춤법/문법검사기’에서 확인해 보면 띄어쓰기 정도는 쉽게 해결할 수 있습니다. 또 책을 계약하게 되면 출판사에서도 꼼꼼하게 원고를 교정해 줍니다. 그러나 필자가 경험한 바로는 컴퓨터도 사람도 완벽하지 않다는 것입니다.

띄어쓰기에서 기자도 자주 틀린다는 사례를 보겠습니다.[19]

• 보다

비교의 대상이 되는 말에 붙어 '~에 비해서' 의 뜻을 나타내는 격 조사로 쓰일 경우 띄어쓰기하지 않습니다.

프로농구 보다 프로야구 시청률이 더 높다.(×)

프로농구보다 프로야구 시청률이 더 높다.(○)

반면 '한층 더' 를 나타내는 부사로 쓰일 경우는 띄어 씁니다.

서로보다 나아지기 위해 노력하다.(×)

서로 보다 나아지기 위해 노력하다.(○)

• 데

'곳' 이나 '장소', '일' 이나 '것' 을 나타내는 말로 쓰이면 의존명사이므로 띄어 씁니다.

책을 다 읽는데 3개월이 걸렸다.(×)

책을 다 읽는 데 3개월이 걸렸다.(○)

반면, '데'를 '~했는데'처럼 쓰이는 경우는 연결 어미로서 띄어쓰기하지 않고 붙여 씁니다.

10년이 지났는 데 기억이 선명하다.(×)

10년이 지났는데 기억이 선명하다.(○)

다음은 '한글맞춤법' 띄어쓰기 원칙을 중심으로 평소 헷갈리는 단어의 정확한 띄어쓰기 사례를 살펴보겠습니다. 국립국어원의 '한글맞춤법' 해설을 참조했습니다.

조사는 그 앞말에 붙여 쓴다

조사는 보통 단어로 이루어집니다. 그러나 자립성이 없어 다른 말에만 의존해서 나타나기 때문에 앞말에 붙여 씁니다.

꽃처럼, 어디까지나, 학교에서처럼, 나에게만이라도, 놀라기보다는

의존명사는 띄어 쓴다

의존명사는 그 앞에 반드시 꾸며 주는 말이 있어야 쓸 수 있는 의존적인 말이지만, 자립 명사와 같은 명사 기능을 하므로 단어로 취급되기 때문에 앞말과 띄어 씁니다.

먹을 음식이 없다. 먹을 것이 없다.

그런데 '들', '뿐', '만큼', '만', '지', '차', '판' 등처럼 의존명사가 조사, 어미의 일부, 접미사 등과 형태가 같아 띄어쓰기를 판단하기 어려운 경우가 있습니다. 사용 예를 하나씩 살펴볼게요.

• 남자들, 학생들

복수를 나타내는 접미사이므로 붙여 씁니다.

쌀, 보리, 콩, 조, 기장 들을 오곡이라 한다.

두 개 이상의 사물을 열거하는 구조에서 '그런 따위' 라는 뜻을 나타내는 의존명사이므로 띄어 씁니다.

• 남자뿐이다.

체언 뒤에 붙어서 한정의 뜻을 나타내는 경우는 조사로 붙여 씁니다.

• 웃을 뿐이다.

용언의 관형사형 뒤에 나타나는 경우는 의존명사이므로 띄어 씁니다.

• 키가 전봇대만큼 크다.

체언 뒤에 붙어서 '앞말과 비슷한 정도로' 라는 뜻을 나타내는 경우는 조사이므로 붙여 씁니다.

• 볼 만큼 보았다.

용언의 관형사형 뒤에 나타날 경우에는 의존명사이므로 띄어 씁니다.

• 하나만 알고 둘은 모른다. 이것은 그것만 못하다.

체언 뒤에 붙어서 한정 또는 비교의 뜻을 나타내는 경우는 조사이므로 붙여 씁니다.

• 사흘 만에 돌아왔다. 세 번 만에 시험에 합격했다.

시간의 경과나 횟수를 나타내는 경우에는 의존명사이므로 띄어 씁니다.

• 집이 큰지 작은지 모르겠다. 어떻게 할지 모르겠다.

이때의 '지'는 어미 '—(으)ㄴ지, ㄹ지'의 일부이므로 붙여 씁니다.

• 그를 만난 지 한 달이 지났다.

시간의 경과를 나타내는 경우에는 의존명사이므로 띄어 씁니다.

• 인사차 들렀다.

명사 뒤에 붙어 '목적'의 뜻을 더하는 경우는 접미사이므로 붙여 씁니다.

• 고향에 갔던 차에 선을 보았다.

용언의 관형사형 뒤에 나타날 경우에는 의존명사이므로 띄어 씁니다.

• 노름판, 씨름판, 웃음판

합성어이므로 붙여 씁니다.

• 바둑 두 판, 장기를 세 판이나 두었다.

승부를 겨루는 일을 세는 단위를 나타낼 때는 의존명사이므로 띄어 씁니다.

단위를 나타내는 명사는 띄어 쓴다

한 개, 차 한 대, 소 한 마리, 연필 한 자루, 옷 한 벌, 열 살, 신 두 켤레

다만, 순서를 나타내는 경우나 숫자와 어울리어 쓰이는 경우에는 붙여 쓸 수 있습니다.

두시 삼십분 오초, 제일과, 삼학년, 2대대, 80원, 10개, 7미터

단음절로 된 단어가 연이어 나타날 적에는 붙여 쓸 수 있다

띄어쓰기의 가장 중요한 목적은 글을 읽는 이가 의미를 바르고 빠르게 파악하게 하는 것입니다. 그런데 한 음절로 된 단어가 여럿이 연속해서 나올 때 단어별로 띄어 쓰면 오히려 의미를 바르고 빠르게 파악하기가 더 어렵죠. 그런 점을 고려하여 붙여 쓸 수 있도록 규정한 것입니다.

좀 더 큰 이 새 차(원칙) / 좀더 큰 이 새차(허용)
내 것 네 것(원칙) / 내것 네것(허용)
물 한 병(원칙) / 물 한병(허용)
그 옛 차(원칙) / 그 옛차(허용)

보조 용언은 띄어 씀을 원칙으로 하되, 경우에 따라 붙여 씀도 허용한다

불이 꺼져 간다.(원칙) / 불이 꺼져간다.(허용)

비가 올 듯하다.(원칙) / 비가 올듯하다.(허용)

그 일은 할 만하다.(원칙) / 그 일은 할만하다.(허용)

잘 아는 척한다.(원칙) / 잘 아는척한다.(허용)

다만, 앞말에 조사가 붙거나 앞말이 합성 용언인 경우 그리고 중간에 조사가 들어갈 적에는 그 뒤에 오는 보조 용언은 띄어 씁니다.

잘도 놀아만 나는구나!

책을 읽어도 보고

잘난 체를 한다.

지금까지 띄어쓰기에 관해 알아보았는데요. 책이 출판되고 난 후에 문제를 발견하게 되면 되돌릴 수 없습니다. 아무리 컴퓨터에 의지하고 출판사에서 꼼꼼하게 교정해 준다 해도 최종 원고의 책임은 글쓴이입니다. 띄어쓰기와 같은 맞춤법 오류는 문장의 뜻을 원래 글쓴이가 의도했던 것과 다르게 읽힐 수 있으므로 평소 띄어쓰기 규정을 숙지하고 있으면 글쓰기가 보다 자유로울 것입니다.

03

문장은 쉽고 군살이 없어야

"버려진 섬마다 꽃이 피었다." 김훈의 《칼의 노래》 첫 문장입니다. 작가는 이 문장을 '꽃은 피었다'로 할 것인지, '꽃이 피었다'로 할 것인지 일주일을 고민했다고 해요. 작가의 설명에 의하면 조사를 '은'으로 쓸 때와 '이'로 쓸 때의 느낌이 다르기 때문이라고 합니다. 문장의 조사 하나에 의해 글의 느낌과 맛이 달라지는 좋은 사례인데요. 조사 하나를 쓰는 데도 얼마나 심혈을 기울여야 하는지 알 수 있는 대목입니다.

글은 읽기 쉬워야 합니다. 초등학생도 읽고 이해하는 정도는 되어야 쉽게 쓴 글이라고 할 수 있어요. 흔히 술술 읽힌다고 하는 글입니다. 직장에 다닐 때 인문학 공부 모임에 참여한 적 있는데요. 모임을 이끌던 교수님은 강의자료를 쓴 뒤 반드시 초등생에게 자신의 글을 읽어보게 한다고 했습니다. 대학원생들과의 공부모임에서 사용할 강의자료임에도 초등생이 읽고 이해할 수 있을 만큼 쉽게 글을 쓰고자 했던 노력을 엿볼 수 있었습니다. 글을 쓸 때 일부러 어려운 한자어나 화려한 어휘를 동원하여 쓰는 사람이 있습니다. 자신의 지식을 과시하거나 문장력을 자랑하기 위해서라고 할 수 있겠지만 이런 글은 독자에게 외면받기 십상이죠. 대개는 자기만족으로 끝납니다. 글의 차별화를 위해서라면 굳이 어려운 단어가 아니어도 자신의 색채를 충분히 표현할 수 있습니다.

이 글에서 강조하는 내용은 이미 앞의 4장 '글의 완성도를 높이는 퇴고의 기술'에서 언급했는데요. 글쓰기에서 워낙 중요한 사안이기에 다시 짚어보겠습니다.

잘 읽히는 글은 주어와 술어의 호응을 맞춰야 합니다. 특히 온라인상에서는 글을 스캔하듯이 읽는 습관이 있습니다. 읽어야 할 정보는 많고 시간은 한정되어 있기 때문인데요. 문장을 훑듯이 읽어도 머릿속에 쏙쏙 들어와야 합니다. 그런데 주어와 술어가 맞지 않으면 스캔하던 눈길을 멈추게 되죠. 무슨 뜻이지? 두 번 세 번 문장을 확인해야 한다면 결국 읽기를 포기해 버릴 것입니다. 만약 당신의 글이 누군가가 읽다가 막혀서 포기해 버리는 글이 되지 않으려면 쉽게 쓰되 주어와 술어의 호응이 맞는지 살펴야 합니다.

다음 문장은 이명박 전 대통령이 고 박경리 선생 빈소를 찾아 방명록에 쓴 글이라고 합니다. 여러 군데의 맞춤법 오류 때문인지 원문과 함께 당시 한 신문에 기사화되었는데요.

"이나라 강산을 사랑 하시는 문학의 큰별 께서 고히 잠드소서."[20]

어딘지 이상하죠? 아주 간단한 문장인데 쉽게 읽히지 않습니다. 무슨 뜻인지 고개가 갸웃해져요. 왜 그럴까요? 주술관계가 호응하지 않기 때문입니다. 주술 관계뿐만 아니라 띄어쓰기 등 여러 군데의 맞춤법 오류가 있는데요. 기사에서는 주술 관계뿐 아니라 띄어쓰기와 맞춤법까지 바로잡아 이렇게 고쳐 쓰기 했어요.

"이 나라 강산을 사랑하시는 문학의 큰 별이여, 고이 잠드소서."

이제 문장이 이해되나요? 글은 일기가 아닌 이상 나 혼자 읽고 끝나지 않습니다. 다른 사람이 읽으라고 씁니다. 다른 사람이 읽고 이해할 수 있도록 쓰는 것이 글 쓰는 사람의 기본이고 독자에 대한 배려입니다. 이는 문장의 기본을 지키면 되는 일인데요. 쉬운 것 같으면서도 쉽지 않은 일입니다. 글을 쉽게 쓴다는 것은 문장의 기본을 지키는 일입니다.

문장은 꼭 필요한 말은 넣되 필요 없는 말은 과감히 생략합니다. 즉 문장에도 군살이 있어서 그것을 제거하면 전달하려는 뜻이 훨씬 명료해져요. 다음 문장을 살펴보겠습니다.

"운동의 기능 중 가장 중요한 기능은 건강증진 기능이다."

짧은 문장인데도 '기능'이라는 단어가 세 번이나 들어가 있습니다. 이 '기능'이 문장에서 군살에 해당하는데요. 과감하게 생략해서 다음과 같이 써야 합니다.

"운동의 가장 중요한 기능은 건강증진이다."

문장에서 군살이 빠지니까 훨씬 뜻이 명료해지고 잘 읽힙니다.

또 다른 예를 하나 들어볼게요, 우리가 흔히 중언부언하는 말의 예입니다.

"이번 가을에는 무슨 일이 있어도 반드시 동화 한 편을 써야겠다."

이 문장에서 '무슨 일이 있어도 반드시' 가 생각 없이 쓰는 잘못된 표현입니다. '무슨 일이 있어도' 와 '반드시' 의 뜻이 크게 다르지 않기 때문에 하나는 빼고 써야 합니다.

"이번 가을에는 무슨 일이 있어도 동화 한 편을 써야겠다." 혹은
"이번 가을에는 반드시 동화 한 편을 써야겠다."

한 문장에는 가급적 하나의 사실이나 생각만 전달하는 것이

좋습니다. 즉, 간결하게 써야 합니다.

"나는 지난주 토요일에 현우하고 영화를 보기로 했는데 어머니께서 갑자기 쓰러지는 바람에 하는 수 없이 약속을 못 지킬 것 같다고 현우에게 급히 문자를 보냈다."

시간 순서대로 떠오르는 대로 마구 쓰다 보니 장황해진 예입니다. 이 글은 읽는 사람이 내용에 따라 끊어서 이해해야 합니다.

"나는 지난주 토요일에 현우하고 영화를 보기로 했다. 그런데 어머니께서 갑자기 쓰러지셨다. 나는 하는 수 없이 약속을 못 지킬 것 같다고 현우한테 급히 문자를 보냈다."

이렇게 끊어 쓰면 내용을 이해하기가 훨씬 쉬워집니다. 술술 읽힙니다. 그런데 아직도 많은 이들이 문장을 길게 쓰는 습관이 있어요. 문장을 길게 쓰면 소위 '있어 보인다'고 생각하기 때문일까요. 문장의 권위는 길이에 좌우되는 것이 아닙니다.

오히려 읽기를 방해할 뿐이죠.

글을 쓸 때 떠오르는 생각을 정돈하지 않고 마구 쓰게 되면 문장이 길어집니다. 그 과정에서 쓸데없이 군살이 붙게 마련인데요. 예에서 보듯이 문장이 길거나 군살이 있으면 글이 잘 읽히지 않아요. 주어와 서술어가 맞지 않는 비문이 되기도 쉽습니다. 따라서 가능하면 문장을 간결하고 짧게 끊어 써야 합니다. 군살이라고 생각되는 단어나 문장도 과감하게 버려야 해요. 초등학생도 읽고 이해할 수 있는 문장이어야 술술 읽힙니다.

04

한 문단에 하나의 주제만

글쓰기 모임에서 혹은 글쓰기 코칭을 할 때 다른 사람이 써온 글을 보면 눈에 띄는 부분이 있습니다. 첫째, 모든 문장마다 내려쓰기를 하는 경우. 둘째, 문단 나누기가 전혀 안 되어 있는 경우. 셋째, 첫 문장 들여쓰기가 안 되어 있는 경우인데요. 문단은 글쓰기에서 가장 기본적인 단위 중 하나입니다. 문단의 개념을 잘 이해하고 글을 쓰면 당신의 글에 격이 느껴질 것입니다.

문단은 단어에서 문장, 문장에서 문단으로 확장되는 개념입니다. 즉, 단어가 모여 문장을 만들고, 문장이 모여 문단을 만들고, 문단이 모여 글 한 편이 되는 겁니다. 결국 글 한 편은 문단

여러 개를 묶어 쓰는 일입니다. 좀 더 쉽게 요약하면 '단어〉문장〉문단〉글' 이런 도식이 만들어지죠. 따라서 하나의 문단이 끝난 후에 다른 문단이 시작되는데요. 이때 줄 바꾸기를 하고 첫 문장을 들여 씁니다.

문단은 중심 문장 하나와 여러 개의 뒷받침 문장으로 이루어집니다. 문단 한 개는 주로 5~8개의 문장으로 만드는 게 적당한데요. 한 문단이 너무 길면 호흡이 길어져서 자칫 주제에서 벗어나는 문장이 들어갈 수 있습니다. 반면 한 문단이 너무 짧으면 문단에서 말하고자 하는 주제를 충분히 설명하지 못하므로 어딘가 부족한 문단이 될 수 있어요. 만약 문단 한 개를 6개의 문장으로 만든다면, 중심 문장 1개에 뒷받침 문장 5개가 됩니다.

중심 문장을 '소주제문' 이라고 부르는데요. 소주제문은 문단의 앞에 쓸 수도 있고 문단의 끝에 배치할 수도 있습니다. 문단의 앞에 놓으면 두괄식, 뒤에 쓰면 미괄식 문단이 되죠. 일반적으로 중심 문장을 먼저 쓰고 뒷받침 문장으로 설명하고 보충하는 두괄식 문단을 선호합니다. 두괄식 문단이 독자에게 의미를 쉽게 전달할 수 있기 때문이죠.

예문 1)

내가 독서의 즐거움을 알게 된 것은 50대 중반이다. 책을 읽는 것이 다른 어떤 활동보다 만족감을 주었다. 읽다 보니 독서전문가로 이름을 알리고 싶은 욕심도 생겼다. 그러나 나이를 생각하니 주저하는 마음이 들었다. 내가 만약 20대 혹은 30대부터 독서의 즐거움을 알게 되었다면, 아니 40대부터라도 본격적인 책 읽기를 했다면 지금 나는 어떤 사람이 되어 있을까. 아쉬운 마음이 고개를 들었다.[21]

예문 2)

좋은 글을 쓰는 사람은 '거의 다' 좋은 책을 읽었다. 읽기와 쓰기는 다른 행위지만 내용은 긴밀히 연결되어 있다. 읽기가 밑거름이 되어 쓰기가 잎을 틔운다. 책을 읽어야 세상을 보는 관점이 넓어지고 사람을 이해하는 눈을 키운다. 세상은 어떤 것이구나 통찰을 얻는다. 모국어의 선용과 조탁, 표현력을 배운다. 좋은 문체에 대한 감을 잡는 것인데, 총체적으로 글을 보는 '안목'이

생기는 것이다.22)

예문 1)의 중심 문장은 "내가 독서의 즐거움을 알게 된 것은 50대 중반이다."로 다음에 이어지는 문장은 이 중심 문장을 뒷받침하고 있고요. 예문 2)에서도 "좋은 글을 쓰는 사람은 '거의 다' 좋은 책을 읽었다."는 중심 문장을 나머지 6개의 문장이 받쳐주고 있습니다. 예문 두 개를 잘 읽어보면 각각의 중심 문장에서 벗어나는 뒷받침 문장이 없다는 것을 알 수 있죠. 즉 주제에서 벗어난 문장이 없습니다.

좋은 글쓰기를 위해 문단 쓰기에서 지켜야 할 원칙이 있습니다.

첫째, 한 문단은 하나의 주제로 이끌어야 한다.

한 문단 내에서 주제가 여러 개로 갈라지면 글쓴이가 무슨 말을 하는지 분명하지 않습니다. '문단 하나에 하나의 주제'를 상기하면서 문단을 만들어가야 합니다.

둘째, 문단 내에서 문장들이 주제를 벗어나면 안 된다.

독자에게 하고 싶은 말을 쓰다 보면 주제에서 약간 비끼는 문장을 쓰고도 잘 모르는 경우가 있는데요. 글을 쓰고 난 후 반드시 뒷받침 문장 중에서 중심 문장의 주제에서 벗어나는 문장이 있는지 확인해야 합니다.

셋째, 뒷받침 문장은 중심 문장을 충분히 뒷받침해야 한다.

이 역시 중심 문장에서 말하고자 하는 주제를 잘 인식하고 그것과 관련된 문장으로 충분히 뒷받침을 해줘야 한다는 말입니다.

작가 강원국은 "흔히 문단은 4가지를 갖춰야 한다"[23] 말합니다. 바로 통일성, 긴밀성, 강조성, 완결성인데요. 한 문단에 하나의 주제만 담는 것이 '통일성' 이고, 문장들이 문단 안에서 잘 연결되어야 한다는 것이 '긴밀성' 이며, 독자가 소주제문을 파악할 수 있도록 충분한 예시와 설명, 논거가 있어야 한다는 것이 '강조성' 이고, 하나의 문단은 그 안에서 하고자 하는 얘기를 모두 마쳐야 한다는 것이 '완결성' 입니다.

좋은 글쓰기를 위한 문단 쓰기의 원칙과 크게 다르지 않습니다.

이제 당신은 문단의 개념을 잘 이해했다고 생각합니다. 따라서 글을 쓸 때 한 문장 쓰고 줄 바꿔서 내려쓰기를 하지 않겠죠. 또 한 문단에 하나의 중심 문장과 몇 개의 뒷받침 문장으로 충분히 보충 설명을 한 뒤 다음 문단으로 넘어가게 될 것입니다. 다음 문단에서는 당연히 첫 문장을 들여쓰기할 거고요.

'한 문단에 하나의 주제만' 즉 '한 문단에 하나의 중심 문장'이라는 문단 개념을 잘 파악하고 글을 쓰면 당신의 글은 격이 올라갈 것입니다.

05

자료 인용 출처가 필요해

책을 쓰면서 타인이 쓴 저작물이나 인터넷 기사 등의 자료를 인용하는 것은 피할 수 없습니다. 소설이나 수필처럼 순수 창작물이 아니고는 다른 자료를 참고할 수밖에 없는데요. 이때 글쓴이는 인용 자료의 출처를 분명하게 밝혀야 합니다. 자칫 표절 시비에 휘말릴 수 있기 때문이죠. 자료 인용이 왜 필요한지, 그 출처 표기는 어떻게 해야 하는지 살펴보도록 하겠습니다.

인용의 목적

책 쓰기에서 자료 인용은 글쓴이의 주장을 뒷받침하는 근거로 필요합니다. 독자에게 저자의 입장을 대변하거나 설득하기 위하여 타인의 말이나 문장을 끌어와 자신의 글에 삽입하는 것인데요. 이때 글쓴이는 인용문의 원문 저작자의 권위에 힘입어 자신의 주장에 신뢰성을 부여하는 것이죠.

> "독서와 함께 필요한 것은 사람에 대한, 세상을 향한 관심과 사랑이다. 아무리 하찮은 것이라도 가까이 보면 아름답다. 사랑하게 된다. 들여다보면 그곳에 어마어마한 우주가 있다. 이를 위해 나를 중심에 두고 세상을 보지 않아야 한다. 프랑스 철학자 자크 데리다가 말한 '탈중심화(decentering)' 가 필요하다. 나만 보지 않고, 중심만 좇지 말고, 주변과 타인을 보려는 노력이 필요하다."[24]

위 예문을 보면 저자는 '세상을 향한 관심과 사랑을 실천하려면 나를 중심에 두지 말아야 한다' 고 말합니다. 그리고 프랑스 철학자 자크 데리다가 말한 '탈중심화' 를 가져옴으로써 자신의 주장에 설득력을 더합니다. 이로써 독자는 저자의 생각에 공감하게 되죠. 물론 독자에 따라서 다를 수 있겠지만요.

책 쓰기에서 활용하는 인용의 목적을 좀 더 확장하면 "사례나 일화를 통해 자신의 견해나 관점을 구체적으로 설명하고, 특정한 구절이나 문장, 혹은 문단에 독자들이 주목하기를 요청하거나 그에 대한 자신의 독자적인 해석을 제시하기 위하여"[25]라고 할 수 있습니다. 이는 앞에서 말한 자신의 주장을 뒷받침하는 근거로 제시하는 목적과 크게 다르지 않습니다.

인용의 방식

자료를 인용하는 방식은 원문의 표현을 그대로 가져와 삽입하는 직접 인용과, 글쓴이의 표현으로 바꾸어서 본문에 사용하는 간접 인용이 있습니다. 직접 인용 방법은 3문장 이내의 짧은 문장을 가져와 본문에 사용하는 경우인데요. 인용할 문장에 큰따옴표(" ")를 하고 출처를 표시합니다. 간접 인용 방법은 '-에 따르면(-에 의하면), -는 ~(이)라고 말한다.' 와 같이 원저자의 생각이나 문장이 명확히 드러나도록 밝힙니다. 다만 책을 쓸 때는 두루뭉술하게 저자와 책 이름만을 언급하기도 하며, 좀 더 자유로운 형식으로 인용하기도 하는데요. 이런 경우 원저자를 밝히고 인용문을 큰따옴표로 명확하게 표시하면 출처는 생략해도 됩니다. 다음의 예시문이 들어간 책에서도 출처 표시는 따로 하지 않은 것을 알 수 있어요. 대신 책 본문 뒤에 있는 참고문헌 목록으로 대신했습니다.

"키케로(기원전 106-43)는 저서 《노년에 관하여》에서 '자신의 악덕과 결점을 노년까지 지니고 가는 바보' 들이 있다고 했다."[26)]

" '뉘앙스는 섬세함의 적이다' 프랑스의 유명 작가 샤를 단치는 발자크의 이 문장을 찾아 자그마치 20년의 세월을 보냈다고 한다."[27)]

인용 방식에는 각주와 미주가 있습니다. 각주와 미주는 출처를 표시하는 위치인데요. 각주는 인용문의 출처를 본문 페이지의 하단에 표기하고, 미주는 본문의 마지막 페이지에 표기합니다. 출처뿐만 아니라 본문에서 더 언급하고 싶거나 독자의 이해를 돕기 위한 보충 내용을 설명할 수도 있습니다. 각주나 미주가 많으면 읽는 사람이 그때그때 확인해야 하므로 글의 흐름이 끊겨 가독성을 방해하기도 합니다.

출처 표기 방법

당신의 주장을 뒷받침해 줄 근거를 다른 책에서 발췌하여 인용할 때 그 책과 저자를 확실하게 밝혀야 합니다. 이때 출처를 밝히는 객관적인 방법이 궁금할 텐데요. 저자를 먼저 표시해야 할지, 책 제목을 먼저 써야 할지 이 책 저 책 뒤적여볼 것입니다.

정확한 출처 표기는 주로 학술논문에서 통용되는 규칙을 적용합니다. 인용한 자료의 연구자에 대한 연구성과를 인정하고 권리를 보호하기 위해서인데요. 책 쓰기에서는 출처를 다양한 방법으로 표기하는 것이 허용되고 있습니다. 다만 올바른 출처 표기법을 알고 있으면 글을 쓰는 데 인용문을 좀 더 정확하고 자유롭게 활용할 수 있을 것입니다.

자료의 출처를 표기하는 방법은 다음과 같습니다. 서울대학교 기초교육원 글쓰기센터의 「인용하기와 인용 출처 표시」를 참고하여 책 쓰기에서 필요한 항목을 중심으로 정리했습니다. 문장부호 홑낫표(「 」)는 홑화살괄호(〈 〉), 작은따옴표(‘ ’)와, 겹낫표(『 』)는 겹화살괄호(《 》), 큰따옴표(“ ”)와 대치할 수 있음을 밝힙니다.

단행본

저자, 『제목』, 출판사, 발행년, 인용쪽수

김경희, 『당신의 삶이 빛나 보일 때』, 반도, 2022, 241쪽

문장부호는 다음과 같이 쓸 수 있습니다. 다음에 이어지는 사용 예에서도 같습니다.

김경희, 《당신의 삶이 빛나 보일 때》, 반도, 2022, 241쪽

김경희, “당신의 삶이 빛나 보일 때”, 반도, 2022, 241쪽

번역서

저자, 『제목』, 옮긴이, 출판사, 발행년, 인용쪽수

샤를 단치, 『왜 책을 읽는가』, 임명주 옮김, 이루, 2013, 35쪽

온라인 자료

작성자, 「글 제목」, 『웹사이트 제목』, 게재일자, 〈웹페이지 주소[URL]〉, 검색일자.

서울대학교 기초교육원 글쓰기센터, 「인용하기와 인용 출처 표시」『서울대학교 온라인 글쓰기교실』, 〈https://owl.snu.ac.kr〉

인터넷신문

기사작성자, 「기사 제목」, 『매체명(신문 제목)』, 발행일자.

채은하, 「이명박의 '2MB' 맞춤법은 계속된다, 쭉~」, 『프레시안』, 2008.05.13.

사전

저자, 「단어 항목」, 『사전명』, 출판사, 출판연도

「표절」, 『표준국어대사전』, 네이버

영화

「영화 제목」, 감독, 제작사, 개봉연도.

「기생충」, 봉준호 감독, CJ 엔터테인먼트, 2019.

하지만 꼭 출처를 밝히지 않아도 되는 경우가 있습니다. 첫째, 널리 퍼진 정보나 생각입니다. 이미 많은 사람이 알고 있기 때문이죠. 둘째, 유명한 구절입니다. 가령 "사느냐 죽느냐 그것이 문제로다!" 같은 문장은 이미 너무나도 많이 알려져서 굳이 출처를 밝히지 않아도 됩니다.

06

표절과 저작권 그리고 저작권 침해

흔히 카톡이나 문자로 '좋은 글(?)' 을 지인으로부터 받아본 적 있을 겁니다. 필자도 가끔 받는데요. 보내는 사람의 의도는 울림이 있는 글을 함께 읽고 생각해 보자는 의미일 것입니다. 여기서 어떤 사람은 글의 끝에 "– 〈좋은 글〉 중에서"라고 막연하게 표기한 경우를 봅니다. 하지만 어떤 사람은 마치 자신의 글인 양 아무런 표기를 하지 않습니다. 이때 우리는 출처를 밝히지 않은 후자의 행위를 표절이라고 말합니다. 많은 사람이 표절이 뭔지 잘 모르고 넘어가죠. 책을 쓸 때도 마찬가지인데요. 적어도 글을 쓴다면 표절 시비에 휘말리지 않도록 조심해야 합니다. 표절과 함께 저작권의 개념을 자세히 살펴보도록 하겠습니다.[28)]

표절은 국어사전에 의하면 "시나 글, 노래 따위를 지을 때에 남의 작품의 일부를 몰래 따다 씀"29)이라고 되어 있습니다. 위키백과에는 좀 더 자세히 기술되어 있는데요. "다른 사람이 쓴 문학작품이나 학술논문, 또는 기타 각종 글의 일부 또는 전부를 직접 베끼거나 아니면 관념을 모방하면서, 마치 자신의 독창적인 산물인 것처럼 공표하는 행위를 가리킨다."라고 되어 있습니다. 글쓰기와 연관 지어서 쉽게 말하면 다른 사람의 글을 마치 자기가 쓴 글인 양 출처를 밝히지 않고 갖다 쓰는 행위입니다. 다른 사람의 문장이나 글을 마치 본인이 직접 쓴 것처럼 오해하게 만드는 것입니다.

저작권이란 대한민국 공식 전자정부 누리집30)에 의하면 "시, 소설, 음악, 미술, 영화, 연극, 컴퓨터프로그램 등과 같은 '저작물'에 대하여 창작자가 가지는 권리를 말한다."라고 되어 있습니다. 예를 들어 소설가가 소설작품을 창작하면 원고 그대로 책으로 출판할 수 있으며, 그 소설을 영화 제작권, 번역물, 연극 공연권, 드라마 방송권 등 여러 가지의 권리를 가지게 되는데요. 이러한 여러 가지 권리 전체를 저작권이라고 합니다. 저작권에는 또 저작재산권과 저작인격권으로 나누고 있습니다.

저작권의 발생은 저작물의 창작과 동시에 이루어지는데요. 이는 저작물이 창작만 되었다면 상표 또는 특허처럼 등록이라는 별도의 절차 없이도 헌법과 저작권법에 의해 보호를 받을 수 있다는 말입니다. 이때 저작권자는 저작권을 다른 사람에게 양도하거나 저작물을 사용할 수 있도록 허락함으로써 경제적인 대가를 받을 수 있는데요. 이를 저작재산권이라고 합니다. 예를 들면 당신이 출판사와 출판계약을 하게 되면 당신은 저작재산권자로서 출판사로부터 저작권 사용료인 인세를 받을 수 있는 것입니다.

만약 당신의 책이 공연이나 영화 등 다른 형태로 이용될 경우, 책 제목과 내용 등이 바뀌지 않도록 하는 동일성유지권, 당신의 이름을 표시할 수 있는 성명표시권, 당신의 책을 출판할 것인지의 여부를 결정하는 공표권을 가집니다. 저작인격권은 이러한 저작자의 인격을 보호하는 측면에서 주어진 권리를 말합니다. 결국, 저작권이 있기 때문에 저작자는 저작물의 사용에 따른 경제적인 대가를 받게 되고, 그 저작물이 사용되는 과정에서 작품 속에 나타내고자 하는 창작 의도를 그대로 유지할 수 있게 됩니다.

한편 표절과 비슷한 저작권 침해가 있는데요. "저작권 침해는 저작권 소유자가 아닌 자가 타인의 저작물을 허가 없이 부당하게 사용하는 경우"[31]입니다. 예를 들어 당신의 책을 누군가가 허락 없이 인용하고 출처를 밝히면 저작권 침해가 아닙니다. 그러나 내용 일부를 복사하여 다른 사람들에게 배포한다면 저작권 침해에 해당합니다. 법적으로 저작권 침해는 범죄이며 처벌을 받을 수도 있습니다.

표절과 저작권 침해는 타인의 저작물을 허락 없이 사용한다는 점에서 같지만, 몇 가지 다른 점이 있습니다.

첫째, 표절은 윤리적인 문제이고 법적인 문제는 아닙니다. 만약 아무개 씨가 표절 행위를 했다고 밝혀지면 그는 직장에서 해고되고, 대학에서 제명되고, 대학 학위가 박탈되는 등 사회적으로 지탄의 대상이 되지만, 그 자체가 범죄는 아닙니다. 표절이 저작권 침해에 해당하는 경우에만 법적으로 범죄가 됩니다.

둘째, 저작권 침해는 저작권으로 보호되는 저작물에만 적용되는 반면, 표절은 저작권 보호 여부와 관계없이 모든 유형의 저작물에 적용됩니다. 하지만 표절과 저작권 침해가 동시에 발생하는 경우가 많기 때문에 사람들이 이 두 가지를 혼동하기 쉽습니다.

표절이나 저작권 침해는 대부분 학술논문 등에서 엄격하게 적용됩니다. 표절을 방지하기 위해서 전 세계적으로 공인된 표절 검사기를 사용하기도 하지만, 이는 논문에 해당되는 문제입니다. 책을 쓰는 당신이 표절과 저작권 침해로부터 자유로워지려면 인용과 출처 표시를 빠뜨리지 않고 제대로 하면 됩니다. 혹은 인용 문장을 원저작자와 전혀 다른 당신의 생각과 언어로 바꿔야 합니다.

책을 쓰겠다고 결심하는 순간 당신은 표절과 저작권 그리고 저작권 침해에 대한 정확한 이해가 필요합니다. 당신의 글과 타인의 문장을 확실하게 구분해서 써야 하는데요. 당신이 책을 쓰는 순간 당신도 저작권자가 되고 저작권법에 의해 보호받을 수 있기 때문입니다.

책은 글쓰기로 얻을 수 있는
최고의 성취입니다.

노트북에 글을
차곡차곡 쌓아보십시오.
그 글들을 다듬어 책으로 낸다면
글쓰기로 누릴 수 있는 가장 큰
보람이요
기쁨일 것입니다.

책은 글쓰기로 얻을 수 있는 최고의 성취입니다

책을 쓰기 시작해서 탈고하기까지 당초 예정보다 늦어졌습니다. 마음의 짐이 될 즈음 필자가 책 쓰는 것을 알고 있는 지인들의 성원과 기대에 힘입어 무사히 마무리할 수 있었는데요. 늘 그렇듯이 쓰고 나니 또 부끄러움이 앞섭니다. 그래도 마라톤을 완주한 것처럼 뿌듯합니다. 기록에 연연하지 않고 끝까지 최선을 다한 마음이랄까요. 그런 마음으로 이 책의 주제와 관련하여 필자의 생각과 경험과 노하우를 다양한 자료와 함께 버무려 담았습니다. 텃밭에서 직접 기른 채소로 차린 밥상처럼 소박하지만 진솔하게.

지난 6월 중순부터 글쓰기 동인 세 명이 '매일 글쓰기'를 했습니다. 한 달 보름정도 진행 했는데요. 모두 글쓰기에 추진기를 단 듯 날마다 한 편씩 썼습니다. 글을 쓰면서도 서로가 경이로웠습니다. '어떻게 그렇게 쓰지?'

한 분은 "글쓰기의 오묘한 힘을 체득"하는 중이라고 고백합니다. "무거운 글쓰기인데 쓰고 나면 또 가볍게 만드는 힘"이 있다고도 말했죠. 고무적인 일은 그녀가 글쓰기를 통해서 삶을 대하는 태도가 달라졌다는 겁니다. 불도저처럼 앞으로만 내달리다가 한 발 멈춰 서서 나다움이 뭔지 자기 이해를 갈구하기 시작했습니다. 그녀는 날마다 자신을 돌아보고 생각하고 쓰면서 스스로 성장하고 있었던 겁니다. 글 쓰는 시간이 오롯이 행복한 시간임을 알게 되고, 여세를 몰아 반드시 책을 내겠다는 포부도 밝힙니다. 역시 글쓰기의 가장 큰 보람은 내가 쓴 책이 아닐까요.

또 한 분은 매일 글을 쓰면서 자신에게 깜짝이나 놀랐다고 합니다. 이미 등단 수필가로 수필집도 내고 자신만의 페이스로 작품활동을 하고 있는데요. 날마다 글 한 편을 써내는 자신이 믿을 수 없다고 기뻐했습니다. 또 휴대폰 메모장을 활용하면서 글쓰기가 더 재밌어졌다고 합니다. 책상에 정좌하고 앉아 키보

드를 두드리던 글쓰기에서 글감이 생각날 때마다 바로바로 저장해 놓을 수 있으니 얼마나 좋으냐며 환하게 웃는 모습이 나이를 짐작할 수 없게 해맑습니다. 쓰는 능력에 대한 놀라운 자기 발견입니다.

필자는 그사이 18일간 북인도 배낭여행을 다녀왔습니다. 여행이 고행이 되는 순간이 많았는데요. 오히려 고행을 즐겼습니다. 고생한 만큼 쓸 이야기가 넘쳐났기 때문이죠. 해발 3,250미터의 고산도시 레에서 고소증과 싸워가며 여행기를 썼는데요. 뿌듯했습니다. 카카오톡 매일 글쓰기 대화방에도 간간이 여행기를 올리며 참여했습니다. 여행기가 하나씩 늘어나면서 나만이 경험한 이 생생한 기록을 책으로 내면 어떨까? 객쩍은 욕심도 잠깐 들었습니다. 글을 쓰는 최고의 바람은 역시 책이라는 결과물인가 봅니다.

책은 글쓰기로 얻을 수 있는 최고의 성취입니다. 노트북에 글을 차곡차곡 쌓아보십시오. 그 글들을 다듬어 책으로 낸다면 글쓰기로 누릴 수 있는 가장 큰 보람이요 기쁨일 것입니다. 당신도 그걸 느끼면 좋겠습니다. 아예 처음부터 책을 목적으로 글을 쓸 수도 있습니다. 당신 삶에서 큰 결심을 해야 합니다. 당신도 그걸 해보면 좋겠습니다.

이 책을 쓰게 된 데는 유길문 '시너지 책 쓰기 코칭센터' 대표이자 카네기 전북지사장님의 절대적인 지지와 격려가 컸습니다. 필자에게 글쓰기 코칭의 기회를 열어주고, 책을 쓰고 난 후의 비전을 그려보도록 동기부여 해주었습니다. 한결같은 마음으로 필자가 꽤 괜찮은 사람이라고 느끼도록 늘 응원하고 용기를 불어넣어 주었습니다. 필자뿐 아니라 그가 만나는 모든 사람에게 자신 안에 보석이 숨겨져 있음을 일깨우고 행동하게 합니다. 그분의 '같이'를 향한 '가치'에 공감하며 깊은 감사를 전합니다.

Footnote

주

1) 은유, 《글쓰기의 최전선》, 메멘토, 2019, 132쪽

2) 김용택, 《뭘 써요, 뭘 쓰라고요?》, 한솔수북, 2013, 26쪽

3) 한기호. 〈네이버 블로그〉 한국출판마케팅연구소, 2022.7.19

4) 은유. 《글쓰기의 최전선》 메멘토, 2015, 133쪽

5) 강원국.《강원국의 글쓰기》, 메디치미디어, 2018, 192쪽

6) EBS다큐프라임 '이야기의 힘' 제작팀, 《이야기의 힘》, 황금물고기, 2011, 15쪽 재인용

7) 〈영감〉, 《국어사전》, 네이버

8) 강원국, "글이 안 써질 때 쓰는 다섯 가지 방법", 《내 손안에 서울》, 2015.11.16., https://mediahub.seoul.go.kr

9) 강원국, 《강원국의 글쓰기》, 메디치, 2018, p.31

10) 은유, 《글쓰기의 최전선》, 메멘토, 2019, 166p.

11) 유길문, 이은정, 오경미, 《된다 된다 책 쓰기가 된다》, 행복에너지, 2016, 99쪽

12) 〈실용서〉, 《국어사전》, 네이버

13) 송준호, 〈파내듯 읽기와 베껴쓰기의 힘〉, 《전북일보》, 2013.05.10.에서 재인용

14) 이재은, 〈취미는 필사(3) 안도현과 신경숙〉, 《소설, 글쓰기 강의》, 2022.3.1., 〈https://theredstory.tistory.com/1314〉

15) 강원국, 《강원국의 글쓰기》 메디치, 2018. p.13.

16) 덕근, 〈끌리는 글을 쓰기 위해 알아두어야 할 것들〉, 《브런치 스토리》, 2019.6.4., 〈https://brunch.co.kr/@lemontia/27〉

17) 백명숙. 《책과 잘 노는 법》, 가림출판사, 2018, 201쪽

18) 김훈, 《칼의 노래》, 생각의 나무, 2004, 128쪽

19) 린우드, 〈기자도 자주 틀리는 한글 맞춤법 & 띄어쓰기 사례〉, 《기자의 세계》, 2020.7.26.

20) 채은하, 〈이명박의 '2MB' 맞춤법은 계속된다, 쭉~〉, 《프레시안》, 2008.05.13.

21) 백명숙, 《게으른 뇌를 깨워줄 책 읽기》, 가림출판사, 2022, p.138

22) 은유, 《글쓰기의 최전선》, 메멘토, 2019, p.82

23) 강원국, 〈문단은 네 가지를 갖춰야 한다〉, 《내 손안에 서울》, 2016.01.25., https://mediahub.seoul.go.kr

24) 강원국, 《강원국의 글쓰기》, 메디치, 2018, p.122

25) 서울대학교 기초교육원 글쓰기센터, 〈인용하기와 인용출처표시〉, 《서울대학교 온라인 글쓰기교실》, https://owl.snu.ac.kr

26) 김경희, 《당신의 삶이 빛나 보일 때》, 반도, 2022, 241쪽

27) 백명숙, 《책과 잘 노는 법》, 가림출판사, 2018, 106쪽

28) 표절과 저작권에 관한 이 글은 문화체육관광부의 대한민국 공식 전자정부 누리집과 비영어권 저자들을 위한 학술논문 영문 교정 서비스 회사인 크림슨 인터랙티브 코리아(주)의 웹페이지를 참고하여 정리한 내용을 중심으로 작성하였습니다.

29) 〈표절〉, 《표준국어대사전》, 네이버

30) 문화체육관광부, 〈콘텐츠 · 저작권 · 미디어〉, 《대한민국 공식 전자정부 누리집》, 〈http://mcst.go.kr/kor/s_policy/copyright/knowledge.know02.jsp〉

31) 〈표절과 저작권 침해의 차이는 무엇입니까〉, 《이나고》 〈https://www.enago.co.kr/plagiarism-checker/faqs.htm〉

책 쓰기를 위한 글쓰기

초판인쇄 2023년 09월 12일
초판발행 2023년 09월 18일

지은이 백명숙
발행인 조현수
펴낸곳 도서출판 더로드
마케팅 최관호 최문섭
IT 마케팅 조용재
교정교열 이승득
디자인 디렉터 오종국 Design CREO

ADD 경기도 파주시 초롱꽃로17 305동 205호
물류센터 경기도 파주시 산남동 693-1 1동
전화 031-942-5364, 031-942-5366
팩스 031-942-5368
이메일 provence70@naver.com
등록번호 제2015-000135호
등록 2015년 06월 18일

정가 16,800원
ISBN 979-11-6480-408-3 03810